# 王國維之宋元戲曲史

王國維 著

從文人筆墨到民間故事
探索中國戲曲的源流

探尋中國戲曲藝術的巔峰
戲臺、人生、社會與文化的相互交織
感受文人雅趣,細品市井風情
一場文學盛宴,深入歷史與藝術的交匯點

# 目錄

自序 ………………………………………… 005

第一章　上古至五代之戲劇 ………………… 007

第二章　宋之滑稽戲 ………………………… 023

第三章　宋之小說雜戲 ……………………… 041

第四章　宋之樂曲 …………………………… 047

第五章　宋官本雜劇段數 …………………… 065

第六章　金院本名目 ………………………… 077

第七章　古劇之結構 ………………………… 085

第八章　元雜劇之淵源 ……………………… 091

第九章　元劇之時地 ………………………… 103

第十章　元劇之存亡 ………………………… 113

第十一章　元劇之結構 ……………………… 133

# 目 錄

第十二章　元劇之文章 …………………………… 141

第十三章　元院本 ………………………………… 151

第十四章　南戲之淵源及時代 …………………… 157

第十五章　元南戲之文章 ………………………… 173

第十六章　餘論 …………………………………… 183

附錄　元戲曲家小傳 ……………………………… 193

# 自序

　　凡一代有一代之文學：楚之騷，漢之賦，六代之駢語，唐之詩，宋之詞，元之曲，皆所謂一代之文學，而後世莫能繼焉者也。獨元人之曲，為時既近，託體稍卑，故兩朝史志與《四庫》集部，均不著於錄；後世儒碩，皆鄙棄不復道。而為此學者，大率不學之徒；即有一二學子，以餘力及此，亦未有能觀其會通，窺其奧窔者。遂使一代文獻，鬱堙沈晦者且數百年，愚甚惑焉。往者讀元人雜劇而善之，以為能道人情，狀物態，詞采俊拔，而出乎自然，蓋古所未有，而後人所不能彷彿也。輒思究其淵源，明其變化之跡，以為非求諸唐宋遼金之文學，弗能得也；乃成《曲錄》六卷，《戲曲考原》一卷，《宋大麯考》一卷，《優語錄》二卷，《古劇腳色考》一卷，《曲調源流表》一卷。從事既久，續有所得，頗覺昔人之說，與自己之書，罅漏日多，而手所疏記，與心所領會者，亦日有增益。王子歲莫，旅居多暇，乃以三月之力，寫為此書。凡諸材料，皆餘所蒐集；其所說明，亦大抵餘之所創穫也。世之為此學者自餘始，其所貢於此學者，亦以此書為多。非吾輩才力過於古人，實以

## 自 序

古人未嘗為此學故也。寫定有日,輒記其緣起,其有匡正補益,則俟諸異日云。

海寧王國維序

# 第一章
## 上古至五代之戲劇

## 第一章　上古至五代之戲劇

　　歌舞之興，其始於古之巫乎？巫之興也，蓋在上古之世。《楚語》：「古者民神不雜，民之精爽不攜貳者，而又能齊肅衷正。(中略)如此，則明神降之。在男曰覡，在女曰巫。(中略)及少皞之衰，九黎亂德，民神雜糅，不可方物。夫人作享，家為巫史。」然則巫覡之興，在少皞之前，蓋此事與文化俱古矣。巫之事神，必用歌舞。《說文解字》(五)：「巫，祝也。女能事無形以舞降神者也。象人兩褎舞形，與工同意。」故《商書》言：「恆舞於宮，酣歌於室，時謂巫風。」《漢書·地理志》言：「陳太姬婦人尊貴，好祭祀，用史巫，故其俗巫鬼。」《陳詩》曰：「坎其擊鼓，宛邱之下，無冬無夏，治其鷺羽。」又曰：「東門之枌，宛邱之栩，子仲之子，婆娑其下。」此其風也。鄭氏《詩譜》亦云。是古代之巫，實以歌舞為職，以樂神人者也。商人好鬼，故伊尹獨有巫風之戒。及周公制禮，禮秩百神，而定其祀典。官有常職，禮有常數，樂有常節，古之巫風稍殺。然其餘習，猶有存者：方相氏之驅疫也，大蠟之索萬物也，皆是物也。故子貢觀於蠟，而曰一國之人皆若狂，孔子告以張而不弛，文武不能。後人以八蠟為三代之戲禮(《東坡志林》)，非過言也。

　　周禮既廢，巫風大興；楚越之間，其風尤盛。王逸《楚辭章句》謂：「楚國南部之邑，沅湘之間，其俗信鬼而好祠，其祠必作歌樂鼓舞，以樂諸神。屈原見俗人祭祀之禮，歌舞之樂，

其詞鄙俚,因為作《九歌》之曲。」古之所謂巫,楚人謂之曰靈。〈東皇太一〉曰:「靈偃蹇兮姣服,芳菲菲兮滿堂。」〈雲中君〉曰:「靈連蜷兮既留,爛昭昭兮未央。」此二者,王逸皆訓為巫,而他靈字則訓為神。案《說文》(一):「靈,巫也。」古雖言巫而不言靈,觀於屈巫之字子靈,則楚人謂巫為靈,不自戰國始矣。

　　古之祭也必有尸。宗廟之尸,以子弟為之。至天地百神之祀,用尸與否,雖不可考,然《晉語》載「晉祀夏郊,以董伯為尸」,則非宗廟之祀,固亦用之。《楚辭》之靈,殆以巫而兼尸之用者也。其詞謂巫曰靈,謂神亦曰靈,蓋群巫之中,必有像神之衣服形貌動作者,而視為神之所憑依:故謂之曰靈,或謂之靈保。〈東君〉曰:「思靈保兮賢姱。」王逸《章句》,訓靈為神,訓保為安。餘疑《楚辭》之靈保,與《詩》之神保,皆尸之異名。《詩‧楚茨》云:「神保是饗。」又云:「神保是格。」又云:「鼓鍾送尸,神保聿歸。」《毛傳》云:「保,安也。」《鄭箋》亦云:「神安而饗其祭祀。」又云:「神安歸者,歸於天也。」然如毛、鄭之說,則謂神安是饗,神安是格,神安聿歸者,於辭為不文。〈楚茨〉一詩,鄭孔二君皆以為述繹祭賓尸之事,其禮亦與古禮〈有司徹〉一篇相合,則所謂神保,殆謂尸也。其曰「鼓鍾送尸,神保聿歸」,蓋參互言之,以避復耳。知《詩》之神保為尸,則《楚辭》之靈保可知矣。至於浴蘭沐芳,華衣若英,

衣服之麗也；緩節安歌，竽瑟浩倡，歌舞之盛也；乘風載雲之詞，生別新知之語，荒淫之意也。是則靈之為職，或偃蹇以象神，或婆娑以樂神，蓋後世戲劇之萌芽，已有存焉者矣。巫覡之興，雖在上皇之世，然俳優則遠在其後。《列女傳》云：「夏桀既棄禮義，求倡優侏儒狎徒，為奇偉之戲。」此漢人所紀，或不足信。其可信者，則晉之優施，楚之優孟，皆在春秋之世。案《說文》（八）：「優，饒也；一曰倡也，又曰倡樂也。」古代之優，本以樂為職，故優施假歌舞以說里克。《史記》稱優孟，亦云楚之樂人。又優之為言戲也，《左傳》：「宋華弱與樂轡少相狎，長相優。」杜注：「優，調戲也。」故優人之言，無不以調戲為主。優施鳥烏之歌，優孟愛馬之對，皆以微詞託意，甚有謔而為虐者。《穀梁傳》：「頰谷之會，齊人使優施舞於魯君之幕下。」孔子曰：「笑君者罪當死，使司馬行法焉。」厥後秦之優旃，漢之幸倡郭舍人，其言無不以調戲為事。要之，巫與優之別：巫以樂神，而優以樂人；巫以歌舞為主，而優以調謔為主；巫以女為之，而優以男為之。至若優孟之為孫叔敖衣冠，而楚王欲以為相；優施一舞，而孔子謂其笑君；則於言語之外，其調戲亦以動作行之，與後世之優，頗覆相類。後世戲劇，當自巫、優二者出；而此二者，固未可以後世戲劇視之也。

附考：古之優人，其始皆以侏儒為之，《樂記》稱優侏儒。

頰谷之會,孔子所誅者,《穀梁傳》謂之優,而《孔子家語》、何休《公羊解詁》,均謂之侏儒。《史記·李斯列傳》:「侏儒倡優之好,不列於前。」〈滑稽列傳〉亦云:「優旃者,秦倡侏儒也。」故其自言曰:「我雖短也,幸休居。」此實以侏儒為優之一確證也。《晉語》「侏儒扶盧」,韋昭注:「扶,緣也;盧,矛戟之柲,緣之以為戲。」此即漢尋橦之戲所由起。而優人於歌舞調戲外,且兼以競技為事矣。

漢之俳優,亦用以樂人,而非以樂神。《鹽鐵論·散不足》篇雖云:「富者祈名嶽,望山川,椎牛擊鼓,戲倡舞像」;然《漢書·禮樂志》載郊祭樂人員,初無優人,唯朝賀置酒陳前殿房中,有常從倡三十人,常從象人(孟康曰:象人,若今戲魚蝦獅子者也。韋昭曰:著假面者也)四人,詔隨常從倡十六人,秦倡員二十九人,秦倡象人員三人,詔隨秦倡一人,此外尚有黃門倡。此種倡人,以郭舍人例之,亦當以歌舞調謔為事。以倡而兼象人,則又兼以競技為事,蓋自漢初已有之,《賈子新書·匈奴篇》所陳者是也。至武帝元封三年,而角抵戲始興。《史記·大宛傳》:「安息以黎軒善眩人獻於漢。是時上方巡狩海上,乃悉從外國客,大觳抵,出奇戲諸怪物,及加其眩者之工;而觳抵奇戲歲增變甚盛,益興,自此始。」按角抵者,應劭曰:「角者,角技也,抵者,相牴觸也。」文穎曰:「名此樂為角抵者,兩兩相當,角力角技藝射御,故名角抵,蓋雜

技樂也。」是角抵以角技為義，故所包頗廣，後世所謂百戲者是也。角抵之地，漢時在平樂觀。觀張衡〈西京賦〉所賦平樂事，殆兼諸技而有之。「烏獲扛鼎，都盧尋橦，衝狹燕濯，胸突銛鋒，跳丸劍之揮霍，走索上而相逢」，則角力角技之本事也。「巨獸之為曼延，舍利之化仙車，吞刀吐火，雲霧杳冥」，所謂加眩者之工而增變者也。「總會仙倡，戲豹舞羆，白虎鼓瑟，蒼龍吹篪」，則假面之戲也。「女媧坐而長歌，聲清暢而委蛇，洪厓立而指揮，被毛羽之襳襹，度曲未終，雲起雪飛」，則歌舞之人，又作古人之形象矣。「東海黃公，赤刀粵祝，冀厭白虎，卒不能救」，則且敷衍故事矣。至李尤《平樂觀賦》（《藝文類聚》六十三）亦云：「有仙駕雀，其形蚴虯，騎驢馳射，狐兔驚走，侏儒巨人，戲謔為偶」，則明明有俳優在其間矣。及元帝初元五年，始罷角抵，然其支流之流傳於後世者尚多，故張衡、李尤在後漢時，猶得取而賦之也。

至魏明帝時，復修漢平樂故事。《魏略》（《魏志‧明帝紀》裴注所引）：「帝引穀水過九龍殿前，水轉百戲。歲首，建巨獸，魚龍曼延，弄馬倒騎，備如漢西京之制。」故魏時優人，乃復著聞。《魏志‧齊王紀》注引《世語》及《魏氏春秋》云：「司馬文王鎮許昌，征還擊姜維，至京師，帝於平樂觀，以臨軍過中領軍許允，與左右小臣謀，因文王辭，殺之，勒其眾以退大將軍，已書詔於前。文王入，帝方食栗，優人雲午等唱曰：

『青頭雞，青頭雞。』青頭雞者，鴨也（謂押詔書），帝懼，不敢發。」又《魏書》（裴注引）載：司馬師等《廢帝奏》亦云：「使小優郭懷、袁信，於廣望觀下作遼東妖婦，嬉褻過度，道路行人掩目。」太后廢帝令亦云：「日延倡優，恣其醜謔。」則此時倡優，亦以歌舞戲謔為事；其作遼東妖婦，或演故事，蓋猶漢世角抵之餘風也。

晉時優戲，殊無可考。唯《趙書》（《太平御覽》卷五百六十九引）云：「石勒參軍周延為館陶令，斷官絹數萬匹，下獄，以八議宥之。後每大會，使俳優著介幘，黃絹單衣。優問：『汝何官，在我輩中？』曰：『我本為館陶令。』斗數單衣，曰：『正坐取是，入汝輩中。』以為笑。」唐段安節《樂府雜錄》，亦載此事云：「參軍始自後漢館陶令石耽。」然後漢之世，尚無參軍之官，則《趙書》之說殆是。此事雖非演故事而演時事，又專以調謔為主，然唐宋以後，腳色中有名之參軍，實出於此。自此以後以迄南朝，亦有俗樂。梁時設樂，有曲、有舞、有技；然六朝之季，恩幸雖盛，而俳優罕聞，蓋視魏晉之優，殆未有以大異也。

由是觀之，則古之俳優，但以歌舞及戲謔為事。自漢以後，則間演故事；而合歌舞以演一事者，實始於北齊。顧其事至簡，與其謂之戲，不若謂之舞之為當也。然後世戲劇之源，實自此始。《舊唐書·音樂志》云：「代面出於北齊。北齊蘭陵王

長恭,才武而面美,常著假面以對敵。嘗擊周師金墉城下,勇冠三軍,齊人壯之,為此舞以效其指揮擊刺之容,謂之《蘭陵王入陣曲》。」《樂府雜錄》與崔令欽《教坊記》所載略同。又《教坊記》云:「《踏搖娘》:北齊有人姓蘇,皰鼻,實不仕,而自號為郎中。嗜飲酗酒,每醉,輒毆其妻。妻銜悲訴於鄰里。時人弄之:丈夫著婦人衣,徐步入場,行歌。每一疊,旁人齊聲和之云:『踏搖和來,踏搖娘苦,和來。』以其且步且歌,故謂之踏搖;以其稱冤,故言苦。及其夫至,則作毆鬥之狀,以為笑樂。」此事《舊唐書・音樂志》及《樂府雜錄》亦紀之。但一以蘇為隋末河內人,一以為後周士人。齊周隋相距,歷年無幾,而《教坊記》所紀獨詳,以為齊人,或當不謬。此二者皆有歌有舞,以演一事;而前此雖有歌舞,未用之以演故事,雖演故事,未嘗合以歌舞:不可謂非優戲之創例也。蓋魏齊周三朝,皆以外族入主中國,其與西域諸國,交通頻繁,龜茲、天竺、康國、安國等樂,皆於此時入中國;而龜茲樂則自隋唐以來,相承用之,以迄於今。此時外國戲劇,當與之俱入中國,如《舊唐書・音樂志》所載《撥頭》一戲,其最著之例也。案《蘭陵王》、《踏搖娘》二舞,《舊志》列之歌舞戲中,其間尚有《撥頭》一戲。《志》云:「《撥頭》者,出西域,胡人為猛獸所噬,其子求獸殺之,為此舞以象之也。」《樂府雜錄》謂之「缽頭」,此語之為外國語之譯音,固不待言;且於國名、

地名、人名三者中，必居其一焉。其入中國，不審在何時。按《北史·西域傳》有拔豆國，去代五萬一千里（按五萬一千里，必有誤字，《北史·西域傳》諸國，雖大秦之遠，亦僅去代三萬九千四百里，拔豆上之南天竺國去代三萬一千五百里，疊伏羅國去代三萬一千里，此五萬一千里，疑亦三萬一千里之誤也）。隋唐二《志》，即無此國，蓋於後魏之初，一通中國，後或亡或隔絕，已不可知。如使「撥頭」與「拔豆」為同音異譯，而此戲出於拔豆國，或由龜茲等國而入中國，則其時自不應在隋唐以後，或北齊時已有此戲；而《蘭陵王》、《踏搖娘》等戲，皆模仿而為之者歟。

此種歌舞戲，當時尚未盛行，實不過為百戲之一種。蓋漢魏以來之角抵奇戲，尚行於南北朝，而北朝尤盛。《魏書·樂志》言：太宗增修百戲，撰合大麴。《隋書·音樂志》亦云：「齊武平中，有魚龍爛漫，俳優侏儒，（中略）奇怪異端，百有餘物，名為百戲。周明帝武成間，朔旦會群臣，亦用百戲。及宣帝時，徵齊散樂人並會京師為之。至隋煬帝大業二年，突厥染干來朝，煬帝欲誇之，總追四方散樂，大集東都。自是每歲正月，萬國來朝，留至十五日，於端門外建國門內，綿亙八裡，列為戲場。百官起棚夾路，從昏至旦，以縱觀，至晦而罷。伎人皆衣錦繡繒彩，其歌舞者多為婦人服，鳴環珮，飾以花毦者，殆三萬人。」故柳彧上書謂：「鳴鼓聒天，燎炬照地，人戴

獸面,男為女服,倡優雜技,詭狀異形。」(《隋書・柳彧傳》)薛道衡〈和許給事善心戲場轉韻詩〉(《初學記》卷十五),所詠亦略同。雖侈靡跨於漢代,然視張衡之賦西京,李尤之賦平樂觀,其言固未有大異也。

至唐而所謂歌舞戲者,始多概見。有本於前代者,有出新撰者,今備舉之。

## 一、《代面》、《大面》

《舊唐書・音樂志》一則(見前)

《樂府雜錄》鼓架部條:「有代面:始自北齊神武弟,有膽勇,善戰鬥,以其顏貌無威,每入陣即著面具,後乃百戰百勝。戲者衣紫、腰金、執鞭也。」

《教坊記》:「大面出北齊蘭陵王長恭,性膽勇,而貌婦人,自嫌不足以威敵,乃刻為假面,臨陣著之,因為此戲,亦入歌曲。」

## 二、《撥頭》、《缽頭》

《舊唐書・音樂志》一則(見前)

《樂府雜錄》鼓架部條:「缽頭:昔有人父為虎所傷,遂上山尋其父屍。山有八折,故曲八疊。戲者被髮素衣,面作啼,蓋遭喪之狀也。」

## 三、《踏搖娘》、《蘇中郎》、《蘇郎中》

《舊書·音樂志》:「踏搖娘生於隋末河內。河內有人,貌惡而嗜酒,常自號郎中;醉歸,必毆其妻。其妻美色善歌,為怨苦之辭。河朔演其聲而被之弦管,因寫其夫之容;妻悲訴,每搖頓其身,故號『踏搖娘』。近代優人改其制度,非舊旨也。」

《樂府雜錄》鼓架部條:「蘇中郎:後周士人蘇葩,嗜酒落魄,自號中郎;每有歌場,輒入獨舞。今為戲者,著緋、帶帽,面正赤,蓋狀其醉也。即有踏搖娘。」

《教坊記》一則(見前)

## 四、參軍戲

《樂府雜錄》俳優條:「開元中,黃幡綽、張野狐弄參軍。始自漢館陶令石耽。耽有贓犯,和帝惜其才,免罪;每宴樂,即令衣白夾衫,命俳優弄辱之,經年乃放。後為參軍,誤也。開元中,有李仙鶴善此戲,明皇特授韶州同正參軍,以食其祿;是以陸鴻漸撰詞,言韶州參軍,蓋由此也。」

趙璘《因話錄》(卷一):「肅宗宴於宮中,女優有弄假官戲,其綠衣秉簡者,謂之參軍椿。」

范攄《雲溪友議》(卷九):元稹廉問浙東,「有俳優周季南季崇,及妻劉採春,自淮甸而來,善弄《陸參軍》,歌聲徹雲。」

（附）《五代史・吳世家》：「徐氏之專政也，楊隆演幼懦，不能自持；而知訓尤凌侮之。嘗飲酒樓上，命優人高貴卿侍酒，知訓為參軍，隆演鶉衣髽髻為蒼鶻。」

（附）姚寬《西溪叢語》（下）引《吳史》：「徐知訓怙威驕淫，調謔王，無敬長之心。嘗登樓狎戲，荷衣木簡，自稱參軍，令王髽髻鶉衣，為蒼頭以從。」

## 五、《樊噲排君難》戲《樊噲排閨》劇

《唐會要》（卷三十三）：「光化四年正月，宴於保寧殿，上制曲，名曰《贊成功》。時鹽州雄毅軍使孫德昭等，殺劉季述反正，帝乃制曲以褒之，仍作《樊噲排君難》戲以樂焉。」

宋敏求《長安志》（卷六）：「昭宗宴李繼昭等將於保寧殿，親制《贊成功》曲以褒之，仍命伶官作《樊噲排君難》戲以樂之。」

陳暘《樂書》（卷一百八十六）：「昭宗光化中，孫德昭之徒刃劉季述，始作《樊噲排閨》劇。」

此五劇中，其出於後趙者一（參軍），出於北齊或周隋者二（《大面》、《踏搖娘》），出於西域者一（《撥頭》），唯《樊噲排君難》戲乃唐代所自制，且其布置甚簡，而動作有節，固與《破陣樂》、《慶善樂》諸舞，相去不遠；其所異者，在演故事一事耳。顧唐代歌舞戲之發達，雖止於此，而滑稽戲則殊進步。

此種戲劇，優人恆隨時地而自由為之；雖不必有故事，而恆託為故事之形；唯不容合以歌舞，故與前者稍異耳。其見於載籍者，茲復匯舉之，其可資比較之助者，頗不少也。

《資治通鑑》（卷二百十二）：「侍中宋璟，疾負罪而妄訴不已者，悉付御史臺治之，謂中丞李謹度曰：『服不更訴者，出之，尚訴未已者，且系。』由是人多怨者。會天旱，優人作魃狀，戲於上前。問：『魃何為出？』對曰：『奉相公處分。』又問：『何故？』對曰：『負罪者三百餘人，相公悉以繫獄抑之，故魃不得不出。』上心以為然。」

《舊唐書·文宗紀》：「太和六年二月己丑寒食節，上宴群臣於麟德殿。是日，雜戲人弄孔子。帝曰：『孔子古今之師，安得侮黷。』亟命驅出。」

高彥休《唐闕史》（卷下）：「咸通中，優人李可及者，滑稽諧戲，獨出輩流。雖不能託諷匡正，然智巧敏捷，亦不可多得。嘗因延慶節緇黃講論畢，次及倡優為戲，可及乃儒服險巾，褒衣博帶，攝齊以升講座，自稱『三教論衡』。其隅坐者問曰：『既言博通三教，釋迦如來是何人？』對曰：『是婦人。』問者驚曰：『何也？』對曰：『《金剛經》云：敷座而坐。或非婦人，何煩夫坐然後兒坐也。』上為之啟齒。又問曰：『太上老君何人也？』對曰：『亦婦人也。』問者益所不喻。乃曰：『《道德經》云：吾有大患，是吾有身，及吾無身，吾復何患。倘非

婦人,何患乎有娠乎?』上大悅。又問:『文宣王何人也?』對曰:『婦人也。』問者曰:『何以知之?』對曰:『《論語》云:沽之哉!沽之哉!吾待賈者也。向非婦人,待嫁奚為?』上意極歡,寵錫甚厚。翌日,授環衛之員外職。」

唐無名氏《玉泉子真錄》(《說郛》卷四十六):「崔公鉉之在淮南,嘗俾樂工集其家僮,教以諸戲。一日,其樂工告以成就,且請試焉。鉉命閱於堂下,與妻李坐觀之。僮以李氏妒忌,即以數僮衣婦人衣,曰妻曰妾,列於旁側。一僮則執簡束帶,旋辟唯諾其間。張樂,命酒,不能無屬意者,李氏未之悟也。久之,戲愈甚,悉類李氏平昔所嘗為。李氏雖少悟,以其戲偶合,私謂不敢而然,且觀之。僮志在發悟,愈益戲之。李果怒,罵之曰:『奴敢無禮,吾何嘗如此。』僮指之,且出,曰:『呦呦!赤眼而作白眼,諱乎?』鉉大笑,幾至絕倒。」

孫光憲《北夢瑣言》(卷六):「光化中,朱樸自《毛詩》博士登庸,恃其口辯,可以立致太平。由藩邸引導,聞於昭宗,遂有此拜。對揚之日,面陳時事數條,每言『臣為陛下致之』。洎操大柄,無以施展,自是恩澤日衰,中外騰沸。內宴日,俳優穆刀陵作唸經行者,至御前曰:『若是朱相,即是非相。』翌日出官。」

# 附五代

《北夢瑣言》（卷十四）：「劉仁恭之軍，為汴帥敗於內黃。爾後汴帥攻燕，亦敗於唐河。他日命使聘汴，汴帥開宴，俳優戲醫病人以譏之。且問：病狀內黃，以何藥可瘥？其聘使謂汴帥曰：『內黃，可以唐河水浸之，必愈。』賓主大笑。」

錢易《南部新書》（卷癸）：「王延彬獨據建州，稱偽號。一旦大設，伶官作戲，辭云：『只聞有泗州和尚，不見有五縣天子。』」

鄭文寶《江南餘載》（卷上）：「徐知訓在宣州，聚斂苛暴，百姓苦之。入覲侍宴，伶人戲，作綠衣大面若鬼神者。旁一人問：『誰？』對曰：『我宣州土地神也，吾主人入覲，和地皮掘來，故得至此。』」

又（卷上）：「張崇帥廬州，人苦其不法。因其入覲，相謂曰：『渠伊必不來矣。』崇聞之，計口徵渠伊錢。明年又入覲，人不敢交語，唯道路相目，捋鬚為慶而已。崇歸，又徵捋鬚錢。其在建康，伶人戲為死而獲譴者曰：『焦湖百里，一任作獺。』」

觀上文之所彙集，知此種滑稽戲，始於開元，而盛於晚唐。以此與歌舞戲相比較，則一以歌舞為主，一以言語為主；一則

## 第一章　上古至五代之戲劇

演故事,一則諷時事;一為應節之舞蹈,一為隨意之動作;一可永久演之,一則除一時一地外,不容施於他處:此其相異者也。而此二者之關紐,實在參軍一戲。參軍之戲,本演石耽或周延故事。又《雲溪友議》謂「周季南等弄《陸參軍》,歌聲徹雲」,則似為歌舞劇。然至唐中葉以後,所謂參軍者,不必演石耽或周延;凡一切假官,皆謂之參軍。《因話錄》所謂「女優弄假官戲,其綠衣秉簡者謂之參軍樁」是也。由是參軍一色,遂為腳色之主。其與之相對者,謂之蒼鶻。李義山〈驕兒詩〉:「忽復學參軍,按聲喚蒼鶻。」《五代史‧吳世家》所紀,足以證之。上所載滑稽劇中,無在不可見此二色之對立。如李可及之儒服險巾,褒衣博帶;崔鉉家童之執簡束帶,旋辟唯諾;南唐伶人之綠衣大面,作宣州土地神:皆所謂參軍者為之,而與之對待者,則為蒼鶻。此說觀下章所載宋代戲劇,自可瞭然,此非想像之說也。要之:唐、五代戲劇,或以歌舞為主,而失其自由;或演一事,而不能被以歌舞。其視南宋、金、元之戲劇,尚未可同日而語也。

# 第二章
# 宋之滑稽戲

## 第二章　宋之滑稽戲

今日流傳之古劇，其最古者出於金、元之間。觀其結構，實綜合前此所有之滑稽戲及雜戲、小說為之。又宋、元之際，始有南曲、北曲之分，此二者，亦皆綜合宋代各種樂曲而為之者也。今欲溯其發達之跡，當分為三章論之：一、宋之滑稽戲，二、宋之雜戲小說，三、宋之樂曲是也。

宋之滑稽戲，大略與唐滑稽戲同，當時亦謂之雜劇。茲復彙集之如下：

劉攽《中山詩話》：「祥符天禧中，楊大年、錢文僖、晏元獻、劉子儀以文章立朝，為詩皆宗李義山，後進多竊義山語句。嘗內宴，優人有為義山者，衣服敗裂，告人曰：『吾為諸館職撏撦至此。』聞者歡笑。」

范鎮《東齋紀事》（卷一）：「賞花、釣魚，賦詩，往往有宿構者。天聖中，永興軍進山水石適至，會命賦山水石，其間多荒惡者，蓋出其不意耳。中坐，優人入戲，各執筆若吟詠狀。其一人忽僕於界石上，眾扶掖起之。既起，曰：『數日來作賞花釣魚詩，準備應制，卻被這石頭擦倒。』左右皆大笑。翌日，降出其詩，令中書銓定。祕閣校理韓義最為鄙惡，落職與外任。」

張師正《倦遊雜錄》（江少虞《皇朝事實類苑》卷六十四引）：「景祐末，詔以鄭州為奉寧軍，蔡州為淮康軍。范雍自侍郎領淮康節鉞，鎮延安。時羌人旅拒戍邊之卒，延安為盛。有

內臣盧押班者,為鈐轄,心常輕范。一日軍府開宴,有軍伶人雜劇,稱參軍夢得一黃瓜,長丈餘,是何祥也?一伶賀曰:『黃瓜上有刺,必作黃州刺史。』一伶批其頰曰:『若夢見鎮府蘿蔔,須作蔡州節度使?』范疑盧所教,即取二伶杖背,黥為城旦。」

宋無名氏《續墨客揮犀》(卷五):「熙寧九年,太皇生辰,教坊例有獻香雜劇。時判都水監侯叔獻新卒,伶人丁仙現假為一道士善出神,一僧善入定。或詰其出神何所見,道士云:『近曾出神至大羅,見玉皇殿上,有一人披金紫,熟視之,乃本朝韓侍中也。手捧一物,竊問旁立者,曰:韓侍中獻國家金枝玉葉萬世不絕圖。』僧曰:『近入定到地獄,見閻羅殿側,有一人衣緋垂魚,細視之,乃判都水監侯工部也。手中亦擎一物,竊問左右,云:為奈河水淺,獻圖欲別開河道耳。』時叔獻興水利以圖恩賞,百姓苦之,故伶人有此語。」(江少虞《皇朝事實類苑》卷六十五引此條作《倦遊雜錄》。)

朱彧《萍洲可談》(卷三):「熙寧間,王介甫行新法,(中略)其時多引人上殿。伶人對上作俳,跨驢直登軒陛,左右止之。其人曰:『將謂有腳者盡上得。』薦者少沮。」

陳師道《談叢》(卷一):「王荊公改科舉,暮年乃覺其失,曰:『欲變學究為秀才,不謂變秀才為學究也。』蓋舉子專誦《王氏章句》而不解其義,正如學究誦注疏爾。教坊雜戲亦曰:

## 第二章　宋之滑稽戲

『學詩於陸農師，學易於龔深之（之當作父）。』蓋譏士之寡聞也。」

王闢之《澠水燕談錄》（卷十）：「頃有秉政者，深被眷倚，言事無不從。一日御宴，教坊雜劇為小商，自稱姓趙，以瓦瓿賣沙糖。道逢故人，喜而拜之。伸足誤踏瓿倒，糖流於地。小商彈採嘆息曰：『甜採，你即溜也，怎奈何？』左右皆笑。俚語以王姓為甜採。」

李廌《師友談記》：「東坡先生近令門人作《人不易物賦》，或戲作一聯曰：『伏其幾而襲其裳，豈為孔子；學其書而戴其帽，未是蘇公。』（士大夫近年仿東坡桶高簷短帽，名曰『子瞻樣』。）廌因言之，公笑曰：『近邇從醴泉觀，優人以相與自誇文章為戲者，一優丁仙現曰：「吾之文章，汝輩不可及也。」眾優曰：「何也？」曰：「汝不見吾頭上子瞻乎？」』上為解顏，顧公久之。」

《萍洲可談》（卷三）：「王德用為使相，黑色，俗號黑相。嘗與北使伴射，使已中的，黑相取箭頭，一發破前矢，俗號劈笴箭。姚麟亦善射，為殿帥十年，伴射，嘗蒙獎賜。崇寧初，王恩以遭遇處位殿帥，不習弓矢，歲歲以伴射為窘。伶人對御作俳，先一人持一矢入，曰：『黑相劈笴箭，售錢三百萬。』又一人持八矢入，曰：『老姚射不輸箭，售錢三百萬。』後二人挽箭一車入，曰：『車箭賣一錢。』或問：『此何人家箭，價賤如

此？』答曰：『王恩不及堆箭。』」

又：「崇寧鑄九鼎，帝鼐居中，八鼎各鎮一隅。是時行當十錢，蘇州無賴子弟冒法盜鑄。會浙中大水，伶人對御作俳：今歲東南大水，乞遣彤鼎往鎮蘇州。或作鼎神附奏云：『不願前去，恐一例鑄作當十錢。』朝廷因治章綖之獄。」

曾敏行《獨醒雜誌》（卷九）：「崇寧二年，鑄大錢，蔡元長建議，俾為折十。民間不便。優人因內宴，為賣漿者，或投一大錢，飲一杯，而索償其餘。賣漿者對以方出市，未有錢，可更飲漿。乃連飲至於五六，其人鼓腹曰：『使相公改作折百錢，奈何！』上為之動。法由是改。又，大農告乏時，有獻廩俸減半之議。優人乃為衣冠之士，自束帶衣裾，被身之物，輒除其半。眾怪而問之，則曰：『減半。』已而兩足共穿半袴，蹩而來前。復問之，則又曰：『減半。』乃長嘆曰：『但知減半，豈料難行。』語傳禁中，亦遂罷議。」

洪邁《夷堅志》丁集（卷四）：「俳優侏儒，周技之下且賤者，然亦能因戲語而箴諷時政，有合於古矇誦工諫之義，世目為雜劇者是已。崇寧初，斥遠元祐忠賢，禁錮學術，凡偶涉其時所為所行，無論大小，一切不得志。伶者對御為戲：推一參軍作宰相，據坐，宣揚朝政之美。一僧乞給公據遊方，視其戒牒，則元祐三年者，立塗毀之，而加以冠巾。一道士失亡度牒，聞被載時，亦元祐也，剝其羽服，使為民。一士人以元祐

## 第二章 宋之滑稽戲

五年獲薦,當免舉,禮部不為引用,來自言,即押送所屬屏斥。已而,主管宅庫者附耳語曰:『今日在左藏庫,請相公料錢一千貫,盡是元祐錢,合取鈞旨。』其人俯首久之,曰:『從後門搬入去。』副者舉所持梃杖其背,曰:『你做到宰相,元來也只要錢!』是時,至尊亦解顏。」

又:「蔡京作宰,弟卞為元樞。卞乃王安石婿,尊崇婦翁。當孔廟釋奠時,躋於配享而封舒王。優人設孔子正坐,顏、孟與安石侍側。孔子命之坐,安石揖孟子居上,孟辭曰:『天下達尊,爵居其一,軻近蒙公爵,相公貴為真王,何必謙光如此。』遂揖顏,曰:『回也陋巷匹夫,平生無分毫事業,公為命世真儒,位貌有間,辭之過矣。』安石遂處其上。夫子不能安席,亦避位。安石惶懼拱手,云『不敢』。往復未決。子路在外,情憤不能堪,徑趨從禮室,挽公冶長臂而出。公冶為窘迫之狀,謝曰:『長何罪?』乃責數之曰:『汝全不救護丈人,看取別人家女婿。』其意以譏卞也。時方議欲升安石於孟子之上,為此而止。」

又:「又嘗設三輩為儒、道、釋,各稱頌其教。儒者曰:『吾之所學,仁、義、禮、智、信,曰五常。』遂演暢其旨,皆採引經書,不雜媟語。次至道士,曰:『吾之所學,金、木、水、火、土,曰五行。』亦說大意。末至僧,僧抵掌曰:『二子腐生常談,不足聽;吾之所學,生、老、病、死、苦,曰五

化。藏經淵奧，非汝等所得聞，當以現世佛菩薩法理之妙，為汝陳之。盍以次問我？』曰：『敢問生？』曰：『內自太學辟雍，外至下州偏縣，凡秀才讀書者，盡為三舍生。華屋美饌，月書季考，三歲大比，脫白掛綠，上可以為卿相。國家之於生也如此。』曰：『敢問老？』曰：『老而孤獨貧困，必淪溝壑，今所在立孤老院，養之終身。國家之於老也如此。』曰：『敢問病？』曰：『不幸而有疾，家貧不能拯療，於是有安濟坊，使之存處，差醫付藥，責以十全之效。其於病也如此。』曰：『敢問死？』曰：『死者人所不免，唯貧民無所歸，則擇空隙地為漏澤園；無以斂，則與之棺，使得葬埋。春秋享祀，恩及泉壤。其於死也如此。』曰：『敢問苦？』其人瞑目不應，陽若惻悚然。促之再三，乃蹙額答曰：『只是百姓一般受無量苦。』徽宗為惻然長思，弗以為罪。」

周密《齊東野語》（卷二十）：「宣和間，徽宗與蔡攸輩在禁中，自為優戲。上作參軍趨出，攸戲上曰：『陛下好個神宗皇帝。』上以杖鞭之曰：『你也好個司馬丞相。』」

又（卷十）：「宣和中，童貫用兵燕薊，敗而竄。一日內宴，教坊進伎，為三四婢，首飾皆不同。其一當額為髻，曰：蔡太師家人也；其二髻偏墜，曰：鄭太宰家人也；又一人滿頭為髻如小兒，曰：童大王家人也。問其故。蔡氏者曰：『太師覲清光，此名朝天髻。』鄭氏者曰：『吾太宰奉祠就第，此懶梳

## 第二章　宋之滑稽戲

髻。』至童氏者曰：『大王方用兵，此三十六髻也。』」（三十六計，走為上計，宋人有此俗語。）

劉績《霏雪錄》：「宋高宗時，饔人淪餛飩不熟，下大理寺。優人扮兩士人，相貌各異；問其年，一曰甲子生，一曰丙子生。優人告曰：『此二人皆合下大理。』高宗問故。優人曰：『餃子餅子皆生，與餛飩不熟者同罪。』上大笑，赦原饔人。」

張知甫《可書》：「金人自侵中國，唯以敲棒擊人腦而斃。紹興間，有伶人作雜戲云：『若要勝金人，須是我中國一件件相敵，乃可。且如金國有粘罕，我國有韓少保；金國有柳葉槍，我國有鳳凰弓；金國有鑿子箭，我國有鎖子甲；金國有敲棒，我國有天靈蓋。』人皆笑之。」

岳珂《桯史》（卷七）：「秦檜以紹興十五年四月丙子朔，賜第望仙橋；丁丑，賜銀絹萬匹兩，錢千萬，彩千縑。有詔：『就第賜燕，假以教坊優伶。』宰執咸與。中席，優長誦致語，退，有參軍者前，褒檜功德，一伶以荷葉交椅從之。詼語雜至，賓歡既洽。參軍方拱揖謝，將就椅，忽墜其幞頭，乃總髮為髻，如行伍之巾，後有大巾鐶，為雙疊勝。伶指而問曰：『此何鐶？』曰：『二聖鐶。』遽以樸擊其首，曰：『爾但坐太師交椅，請取銀絹例物，此鐶掉腦後可也。』一坐失色。檜怒，明日下伶於獄，有死者。於是語禁始益繁。」

《夷堅志》丁集（卷四）：「紹興中，李椿年行經界量田法。

方事之初，郡縣奉命嚴急，民當其職者頗困苦之。優者為先聖先師，鼎足而坐。有弟子從末席起，咨叩所疑。孟子奮然曰：『仁政必自經界始。吾下世千五百年，其言乃為聖世所施用，三千之徒皆不如。』顏子默默無語。或於傍笑曰：『使汝不是短命而死，也須做出一場害人事。』時秦檜方主李議，聞者畏獲罪，不待此段之畢，即以謗褻聖賢叱執送獄。明日，杖而逐出境。」

又：「壬戌省試，秦檜之子熺，姪昌時、昌齡，皆奏名。公議籍籍，而無敢輒語。至乙丑春首，優者即戲場，設為士子赴南宮，相與推論知舉官為誰。指侍從某尚書、某侍郎當主文柄，優長者非之曰：『今年必差彭越。』問者曰：『朝廷之上，不聞有此官員。』曰：『漢梁王也。』曰：『彼是古人，死已千年，如何來得？』曰：『前舉是楚王韓信，信、越一等人，所以知今為彭王。』問者嗤其妄，且扣厥指。笑曰：『若不是韓信，如何取得他三秦！』四座不敢領略，一鬨而出。秦亦不敢明行譴罰云。」

明田汝成《西湖遊覽志餘》（卷二十二，此條當出宋人小說，未知所本）：「紹興間，內宴，有優人作善天文者，云：『世間貴官人，必應星象，我悉能窺之。法當用渾儀，設玉衡，若對其人窺之，則見星而不見其人。玉衡不能卒辦，用銅錢一文亦可。』乃令窺光堯，云：『帝星也。』秦師垣，曰：『相星也。』

## 第二章　宋之滑稽戲

韓蘄王,曰:『將星也。』張循王,曰:『不見其星。』眾皆駭,復令窺之,曰:『中不見星,只見張郡王在錢眼內坐。』殿上大笑。俊最多資,故譏之。」

張端義《貴耳集》(卷下):「壽皇賜宰執宴,御前雜劇,妝秀才三人。首問曰:『第一秀才,仙鄉何處?』曰:『上黨人。』次問第二秀才仙鄉何處?曰:『澤州人。』次問第三秀才,曰:『湖州人。』又問上黨秀才:『汝鄉出何生藥?』曰:『某鄉出人參。』次問澤州秀才:『汝鄉出甚生藥?』曰:『某鄉出甘草。』次問湖州出甚生藥?曰:『出黃蘗。』『如何湖州出黃蘗?』『最是黃藥苦人!』當時皇伯秀王在湖州,故有此語。壽皇即日召入,賜第,奉朝請。」

又:「何自然中丞,上疏乞朝廷並庫,壽皇從之。方且講究未定,御前有燕,雜劇伶人妝一賣故衣者,持褲一腰,只有一隻褲口。買者得之,問:『如何著?』賣者曰:『兩腳併作一褲口。』買者曰:『褲卻併了,只恐行不得。』壽皇即寢此議。」

《桯史》(卷十):淳熙間,「胡給事元質既新貢院,嗣歲庚子,適大比,(中略)會初場賦題,出〈舜聞善若決江河〉,而以『聞善而行、沛然莫御』為韻。士既就案矣。(中略)忽一老儒摘《禮部韻》示諸生,謂沛字唯十四泰有之,一為顛沛,一為沛邑,注無沛決之義。唯它有霈字,乃從雨,為可疑。眾曰是,閧然叩簾請。(中略)或入於房,執考校者一人毆之。考

校者惶遽,急曰:『有兩頭也得,無兩頭也得。』或又咎其誤,曰:『第二場更不敢也。』蓋一時祈脫之辭。移時稍定,試司申『鼓譟場屋』,胡以其不稱於禮遇也,怒,物色為首者,盡繫獄。韋布益不平。既拆號,例宴主司以勞還,畢三爵,優伶序進。有儒服立於前者,一人旁揖之,相與詫博洽,辨古今,岸然不相下。因各求挑試所誦憶。其一問:『漢名宰相凡幾?』儒服以蕭、曹以下,枚數之無遺。群優咸贊其能。乃曰:『漢相吾言之矣。敢問唐三百年間,名將帥何人也?』旁揖者亦詘指英衛以及季葉,曰:『張巡、許遠、田萬春。』儒服奮起爭曰:『巡、遠是也。萬春之姓雷,歷考史牒,未有以雷為田者。』揖者不服,撐拒騰口。俄一綠衣參軍,自稱教授,前據幾,二人敬質疑。曰:『是故雷姓。』揖者大詬,袒裼奮拳,教授遽作恐懼狀,曰:『有兩頭也得,無兩頭也得!』坐中方失色,知其諷己也。忽優有黃衣者,持令旗躍出稠人中,曰:『制置大學給事臺旨:試官在座,爾輩安得無禮。』群優亟斂下,喏曰:『第二場更不敢也。』俠戺皆笑,席客大慚。明日遁去,遂釋繫者。胡意其為郡士所使,錄優而詰之,杖而出諸境。然其語盛傳至今。」

又(卷五):「韓平原在慶元初,其弟仰冑為知閤門事,頗與密議,時人謂之大小韓,求捷徑者爭趨之。一日內宴,優人有為衣冠到選者,自敘履歷才藝,應得美官,而流滯銓曹,自春徂冬,未有所擬。方徘徊浩嘆,又為日者敝帽持扇,過其

033

## 第二章　宋之滑稽戲

旁，遂邀使談庚甲，問以得祿之期。日者厲聲曰：『君命甚高，但於五星局中，財帛宮若有所礙。目下若欲亨達，先見小寒；更望事成，必見大寒可也。』優蓋以寒為韓。侍宴者皆縮頸匿笑。」

張仲文《白獺髓》（《說郛》卷三十八）：「嘉泰末年，平原公恃有扶日之功，凡事自作威福，政事皆不由內出。會內宴，伶人王公瑾曰：『今日政如客人賣傘，不由裡面。』」

葉紹翁《四朝聞見錄》（戊集）：「韓侂冑用兵既敗，為之鬚髮俱白，困悶不知所為。優伶因上賜侂冑宴，設樊遲、樊噲，旁有一人曰樊惱。又設一人，揖問遲：『誰與你取名？』對以夫子所取。則拜曰：『此聖門之高弟也。』又揖問噲，曰：『誰名汝？』對曰：『漢高祖所命。』則拜曰：『真漢家之名將也。』又揖惱，曰：『誰名汝？』對以『樊惱自取』。又因郭倪、郭果（按果當作倬）敗，因賜宴，優伶以生菱進於桌上，命二人移桌，忽生菱墜，盡碎。其一人曰：『苦，苦，苦！壞了多少生靈，只因移果桌！』」

《貴耳集》（卷下）：「袁彥純尹京，專一留意酒政。煮酒賣盡，取常州宜興縣酒、衢州龍游縣酒在都下賣。御前雜劇，三個官人：一曰京尹，二曰常州太守，三曰衢州太守。三人爭坐位，常守讓京尹曰：『豈宜在我二州之下？』衢守爭曰：『京尹合在我二州之下。』常守問曰：『如何有此說？』衢守云：『他

是我二州拍戶。』寧廟亦大笑。」

又：「史同叔為相日，府中開宴，用雜劇人。作一士人唸詩，曰：『滿朝朱紫貴，盡是讀書人。』旁一士人曰：『非也，滿朝朱紫貴，盡是四明人。』自後相府有宴，二十年不用雜劇。」

《桯史》（卷十三）：「蜀伶多能文，俳語率雜以經史，凡制帥幕府之燕集，多用之。嘉定中，吳畏齋帥成都，從行者多選人，類以京削繫念。伶知其然。一日，為古衣冠服數人，遊於庭，自稱孔門弟子。交質以姓氏，或曰常，或曰於，或曰吾。問其所蒞官，則合而應曰：『皆選人也。』固請析之，居首者率然對曰：『子乃不我知，《論語》所謂常從事於斯矣，即某其人也。官為從事而繫以姓，固理之然。』問其次，曰：『亦出《論語》，於從政乎何有，蓋即某官氏之稱。』又問其次，曰：『某又《論語》十七篇所謂：吾將仕者。』遂相與嘆詫，以選調為淹抑。有愍惠其旁者，曰：『子之名不見於七十子，固聖門下第，盍叩十哲而請教焉？』如其言，見顏、閔方在堂，群而請益。子騫蹙額曰：『如之何？何必改！』克公應之曰：『然！回也不改。』眾憮然不怡，曰：『無已，質諸夫子。』如之，夫子不答，久而曰：『鑽遂改火，急可已矣。』坐客皆愧而笑。聞者至今啟顏。優流侮聖言，直可誅絕。特記一時之戲語如此。」

《齊東野語》（卷十三）：「蜀優尤能涉獵古今，援引經史，

## 第二章　宋之滑稽戲

以佐口吻，資笑談。當史丞相彌遠用事，選人改官，多出其門。制閫大宴，有優為衣冠者數輩，皆稱為孔門弟子，相與言吾儕皆選人。遂各言其姓，曰『吾為常從事』，『吾為於從政』，『吾為吾將仕』，『吾為路文學』。別有二人出，曰：『吾宰予也。夫子曰：於予與改。可謂僥倖。』其一曰：『吾顏回也。夫子曰：回也不改。吾為四科之首而不改，汝何為獨改？』曰：『吾鑽故，汝何不鑽？』曰：『吾非不鑽，而鑽彌堅耳。』曰：『汝之不改，宜也。何不鑽彌遠乎？』其離析文義，可謂侮聖言；而巧發微中，有足稱言者焉。有袁三者，名尤著。有從官姓袁者，制蜀，頗乏廉聲。群優四人，分主酒、色、財、氣，各誇張其好尚之樂，而餘者互譏笑之。至袁優，則曰：『吾所好者，財也。』因極言財之美利，眾亦譏誚不已。徐以手自指曰：『任你譏笑，其如袁丈好此何！』」

又：「近者己亥，史巖之為京尹，其弟以參政督兵於淮。一日內宴，伶人衣金紫，而幞頭忽脫，乃紅巾也。或驚問曰：『賊裏紅巾，何為官亦如此？』傍一人答云：『如今做官的都是如此。』於是褫其衣冠，則有萬回佛自懷中墜地。其旁者曰：『他雖做賊，且看他哥哥面。』」

又：「女冠吳知古用事，人皆側目。內宴，參軍肆筵張樂，胥輩請僉文書，參軍怒曰：『吾方聽臚慄，可少緩。』請至再三，其答如前。胥擊其首曰：『甚事不被臚慄壞了！』蓋是俗呼

黃冠為臂慄也。」

又：「王叔知吳門日，名其酒曰『徹底清』。錫宴日，伶人持一樽，誇於眾曰：『此酒名徹底清。』既而開樽，則濁醪也。旁誚之云：『汝既為徹底清，卻如何如此？』答云：『本是徹底清，被錢打得渾了。』」

羅大經《鶴林玉露》（卷三）：「端平間，真西山參大政，未及有所建置而薨。魏鶴山督師，亦未及有所設施而罷。臨安優人，裝一儒生，手持一鶴；別一儒生與之解後，問其姓名，曰：『姓鍾名庸。』問所持何物，曰：『大鶴也。』因傾蓋歡然，呼酒對飲。其人大嚼洪吸，酒肉靡有子遺。忽顛僕於地，群數人曳之不動。一人乃批其頰，大罵曰：『說甚《中庸》、《大學》，吃了許多酒食，一動也動不得。』遂一笑而罷。或謂有使其為此，以姍侮君子者，府尹乃悉黜其人。」

《西湖遊覽志餘》（卷二，不知其所本）：「丁大全作相，與董宋臣表裡。（中略）一日內宴，一人專打鑼，一人撲之，曰：『今日排當，不奏他樂，丁丁董董不已，何也？』曰：『方今事皆丁董，吾安得不丁董？』」

仇遠《稗史》（《說郛》卷二十五）：「至元丙子，北兵入杭，廟朝為虛。有金姓者，世為伶官，流離無所歸。一日，道遇左丞範文虎，向為宋殿帥時，熟知其為人，謂金曰：『來日公宴，汝來獻伎，不愁貧賤。』如期往，為優戲，作諢曰：『某寺

## 第二章　宋之滑稽戲

有鍾，寺僧不敢擊者數日，主僧問故，乃言鐘樓有巨神，神怪不敢登也。主僧亟往視之，神即跪伏投拜，主僧曰：「汝何神也？」答曰：「鍾神。」主僧曰：「既是鍾神，何故投拜？」』眾皆大笑，範為之不懌。其人亦不顧。識者莫不多之。」

## 附遼金偽齊

《宋史‧孔道輔傳》：「道輔奉使契丹，契丹宴使者，優人以文宣王為戲，道輔艴然徑出。」

邵伯溫《聞見前錄》（卷十）：「潞公謂溫公曰：『吾留守北京，遣人入大遼偵事，回云：見遼主大宴群臣，伶人劇戲作衣冠者，見物必攫取，懷之。有從其後以梃樸之者，曰：司馬端明耶？君實清名，在夷狄如此。』溫公愧謝。」

沈作喆《寓簡》（卷十）：「偽齊劉豫既僭位，大宴群臣。教坊進雜劇。有處士問星翁曰：『自古帝王之興，必有受命之符，今新主有天下，抑有嘉祥美瑞以應之乎？』星翁曰：『固有之。新主即位之前一日，有一星聚東井，真所謂符命也。』處士以杖擊之，曰：『五星，非一也，乃云聚耳。一星，又何聚焉？』星翁曰：『汝固不知也。新主聖德，比漢高祖只少四星兒裡。』」

《金史‧後妃傳》：章宗元妃李氏,「勢位燻赫,與皇后侔。一日,宴宮中,優人玳瑁頭者,戲於上前。或問：『上國有何符瑞？』優曰：『汝不聞鳳凰見乎？』曰：『知之而未聞其詳。』優曰：『其飛有四,所應亦異。若向上飛,則風雨順時；向下飛,則五穀豐登；向外飛,則四國來朝；向裡飛（音同李妃）,則加官進祿。』上笑而罷。」

宋遼金三朝之滑稽劇,其見於載籍者略具於此。此種滑稽劇,宋人亦謂之雜劇,或謂之雜戲。呂本中《童蒙訓》曰：「作雜劇者,打猛諢入,卻打猛諢出。」吳自牧《夢粱錄》亦云：「雜劇全用故事,務在滑稽。」孟元老《東京夢華錄》云：「聖節內殿雜戲,為有使人預宴,不敢深作諧謔。」則無使人時可知。是宋人雜劇,固純以詼諧為主,與唐之滑稽劇無異。但其中腳色,較為著明,而布置亦稍複雜；然不能被以歌舞,其去真正戲劇尚遠。然謂宋人戲劇,遂止於此,則大不然。雖明之中葉,尚有此種滑稽劇,觀文林《琅邪漫鈔》、徐咸《西園雜記》、沈德符《萬曆野獲編》所載者,全與宋滑稽劇無異。若以此概明之戲劇,未有不笑之者也。宋劇亦然。故欲知宋元戲劇之淵源,不可不兼於他方面求之也。

# 第二章　宋之滑稽戲

# 第三章
# 宋之小說雜戲

## 第三章　宋之小說雜戲

　　宋之滑稽戲，雖託故事以諷時事，然不以演事實為主，而以所含之意義為主。至其變為演事實之戲劇，則當時之小說，實有力焉。

　　小說之名起於漢，〈西京賦〉云：「小說九百，本自虞初。」《漢書・藝文志》有「《虞初周說》九百四十四篇」。其書之體例如何，今無由知。唯《魏略》（《魏志・王粲傳》注引）言：「臨淄侯植，誦俳優小說數千言。」則似與後世小說，已不相遠。六朝時，干寶、任昉、劉義慶諸人，咸有著述；至唐而大盛。今《太平廣記》所載，實集其成。然但為著述上之事，與宋之小說無與焉。宋之小說，則不以著述為事，而以講演為事。灌園耐得翁《都城紀勝》謂說話有四種：一小說，一說經，一說參請，一說史書。《夢粱錄》（卷二十）所紀略同。《武林舊事》（卷六）所載諸色伎藝人中，有書會（謂說書會），有演史，有說經諢經，有小說。而《都城紀勝》、《夢粱錄》均謂小說人能以一朝一代故事，頃刻間提破。則演史與小說，自為一類。此三書所記，皆南渡以後之事；而其源則發於宋初。高承《事物紀原》（卷九）：「仁宗時，市人有能談三國事者，或採其說，加緣飾，作影人。」《東坡志林》（卷六）：王彭嘗云，「塗巷中小兒薄劣，為其家所厭苦，輒與錢令聚坐，聽說古話，至說三國事」云云。《東京夢華錄》（卷五）所載京瓦伎藝，有霍四究說三分，尹常賣《五代史》。至南渡以後，有敷衍〈復華篇〉及

〈中興名將傳〉者,見於《夢粱錄》,此皆演史之類也。其無關史事者,則謂之小說。《夢粱錄》云:「小說一名銀字兒,如煙粉、靈怪、傳奇、公案、樸刀、桿棒、發跡、變泰等事。」則其體例,亦當與演史大略相同。今日所傳之《五代平話》,實演史之遺;《宣和遺事》,殆小說之遺也。此種說話,以敘事為主,與滑稽劇之但託故事者迥異。其發達之跡,雖略與戲曲平行;而後世戲劇之題目,多取諸此,其結構亦多依仿為之,所以資戲劇之發達者,實不少也。

　　至與戲劇更相近者,則為傀儡。傀儡起於周季,《列子》以偃師刻木人事,為在周穆王時,或係寓言;然謂列子時已有此事,當不誣也。《樂府雜錄》以為起於漢祖平城之圍,其說無稽。《通典》則云:「《窟礧子》作偶人以戲,善歌舞,本喪家樂也。漢末始用之於嘉會。」其說本於應劭《風俗通》,則漢時固確有此戲矣。漢時此戲結構如何,雖不可考,然六朝之際,此戲已演故事。《顏氏家訓・書證篇》:「或問:『俗名傀儡子為郭禿,有故實乎?』答曰:『《風俗通》云:諸郭皆諱禿,當是前世有姓郭而病禿者,滑稽調戲,故後人為其象,呼為郭禿。』」唐時傀儡戲中之郭郎實出於此,至宋猶有此名。唐之傀儡,亦演故事。《封氏聞見記》(卷六):「大曆中,太原節度辛景雲葬日,諸道節度使使人修祭。范陽祭盤,最為高大,刻木為尉遲鄂公突厥鬥將之象,機關動作,不異於生。祭訖,靈

043

## 第三章　宋之小說雜戲

車欲過,使者請曰:『對數未盡。』又停車,設項羽與漢高祖會鴻門之象,良久乃畢。」至宋而傀儡最盛,種類亦最繁:有懸絲傀儡,走線傀儡,杖頭傀儡,藥發傀儡,肉傀儡,水傀儡各種。(見《東京夢華錄》、《武林舊事》、《夢粱錄》)《夢粱錄》云:「凡傀儡,敷衍煙粉、靈怪、鐵騎、公案、史書、歷代君臣將相故事話本,或講史,或作雜劇,或如崖詞。(中略)大抵弄此,多虛少實,如《巨靈神》、《朱姬大仙》等也。」則宋時此戲,實與戲劇同時發達,其以敷衍故事為主,且較勝於滑稽劇。此於戲劇之進步上,不能不注意者也。

傀儡之外,似戲劇而非真戲劇者,尚有影戲。此則自宋始有之。《事物紀原》(卷九):「宋朝仁宗時,市人有能談三國事者,或採其說加緣飾、作影人,始為魏吳蜀三分戰爭之象。」《東京夢華錄》所載京瓦伎藝,有影戲,有喬影戲。南宋尤盛。《夢粱錄》云:「有弄影戲者,元汴京初以素紙雕簇,自後人巧工精,以羊皮雕形,以彩色裝飾,不致損壞。(中略)其話本與講史書者頗同,大抵真假相半。公忠者雕以正貌,奸邪者刻以醜形,蓋亦寓褒貶於其間耳。」然則影戲之為物,專以演故事為事,與傀儡同。此亦有助於戲劇之進步者也。

以上三者,皆以演故事為事。小說但以口演,傀儡、影戲則為其形象矣,然而非以人演也。其以人演者,戲劇之外,尚

有種種,亦戲劇之支流,而不可不一注意也。

三教《東京夢華錄》(卷十):十二月,「即有貧者三教人,為一火,裝婦人神鬼,敲鑼擊鼓,巡門乞錢,俗呼為打夜胡。」

訝鼓《續墨客揮犀》(卷七):「王子醇初平熙河,邊陲寧靜,講武之暇,因教軍士為訝鼓戲,數年間遂盛行於世。其舉動舞裝之狀,與優人之詞,皆子醇初制也。或云:『子醇初與西人對陣,兵未交,子醇命軍士百餘人,裝為訝鼓隊,繞出軍前,虜見皆愕眙,進兵奮擊,大破之。』」《朱子語類》(卷一百三十九)亦云:「如舞訝鼓,其間男子、婦人、僧道、雜色,無所不有,但都是假的。」

舞隊《武林舊事》(卷二)所紀舞隊,全與前二者相似。今列其目:

《查查鬼》(《查大》)、《李大口》(《一字口》)、《賀豐年》、《長弧斂》(《長頭》)、《兔吉》(《兔毛大伯》)、《吃遂》、《大憨兒》、《粗妲》、《麻婆子》、《快活三郎》、《黃金杏》、《瞎判官》、《快活三娘》、《沈承務》、《一臉膜》、《貓兒相公》、《洞公觜》、《細妲》、《河東子》、《黑遂》、《王鐵兒》、《交椅》、《夾棒》、《屏風》、《男女竹馬》、《男女杵歌》、《大小斫刀鮑老》、《交袞鮑老》、《子弟清音》、《女童清音》、《諸國獻寶》、《穿心

## 第三章　宋之小說雜戲

國入貢》、《孫武子教女兵》、《六國朝》、《四國朝》、《遏雲社》、《緋綠社》、《胡安女》、《鳳阮稽琴》、《撲蝴蝶》、《回陽丹》、《火藥》、《瓦盆鼓》、《焦錘架兒》、《喬三教》、《喬迎酒》、《喬親事》、《喬樂神》(《馬明王》)、《喬捉蛇》、《喬學堂》、《喬宅眷》、《喬像生》、《喬師孃》、《獨自喬》、《地仙》、《旱划船》、《教象》、《裝態》、《村田樂》、《鼓板》、《踏蹺》(一作《踏蹺》)、《撲旗》、《抱鑼裝鬼》、《獅豹蠻牌》、《十齋郎》、《耍和尚》、《劉袞》、《散錢行》、《貨郎》、《打嬌惜》。

其中裝作種種人物，或有故事。其所以異於戲劇者，則演劇有定所，此則巡迴演之。然後來戲名曲名中，多用其名目，可知其與戲劇非毫無關係也。

# 第四章
# 宋之樂曲

## 第四章　宋之樂曲

　　前二章既述宋代之滑稽戲及小說雜戲，後世戲劇之淵源，略可於此窺之。然後代之戲劇，必合言語、動作、歌唱，以演一故事，而後戲劇之意義始全。故真戲劇必與戲曲相表裡。然則戲曲之為物，果如何發達乎？此不可不先研究宋代之樂曲也。

　　宋之歌曲其最通行而為人人所知者，是為詞，亦謂之近體樂府，亦謂之長短句。其體始於唐之中葉，至晚唐五代，而作者漸多，及宋而大盛。宋人宴集，無不歌以侑觴；然大率徒歌而不舞。其歌亦以一闋為率。其有連續歌此一曲者，如歐陽公之〈採桑子〉，凡十一首；趙德麟之《商調·蝶戀花》，凡十首。一述西湖之勝，一詠《會真》之事，皆徒歌而不舞。其所以異於普通之詞者，不過重疊此曲，以詠一事而已。

　　其歌舞相兼者，則謂之傳踏（曾慥《樂府雅詞》卷上），亦謂之轉踏（王灼《碧雞漫志》卷三），亦謂之纏達（《夢粱錄》卷二十）。北宋之轉踏，恆以一曲連續歌之。每一首詠一事，共若干首則詠若干事。然亦有合若干首而詠一事者。《碧雞漫志》（卷三）謂石曼卿作《拂霓裳轉踏》，述開元天寶遺事是也。其曲調唯〈調笑〉一呼叫之最多。今舉其一例：

## 調笑轉踏鄭僅（《樂府雅詞》卷上）

良辰易失，信四者之難並。佳客相逢，實一時之盛會。用陳妙曲，上助清歡。女伴相將，調笑入隊。

秦樓有女字羅敷，二十未滿十五餘，金鐶約腕攜籠去，攀枝折葉城南隅。使君春思如飛絮，五馬徘徊芳草路，東風吹鬢不可親，日晚蠶飢欲歸去。

歸去，攜籠女，南陌春愁三月暮，使君春思如飛絮，五馬徘徊頻駐。蠶飢日晚空留顧，笑指秦樓歸去。

石城女子名莫愁，家住石城西渡頭，拾翠每尋芳草路，採蓮時過綠蘋洲。五陵豪客青樓上，醉倒金壺待清唱，風高江闊白浪飛，急催艇子操雙槳。

雙槳，小舟蕩，喚取莫愁迎疊浪，五陵豪客青樓上，不道風高江廣。千金難買傾城樣，那聽繞梁清唱。

繡戶朱簾翠幕張，主人置酒宴華堂，相如年少多才調，消得文君暗斷腸。斷腸初認琴心挑，麼弦暗寫相思調，從來萬曲不關心，此度傷心何草草！

草草，最年少，繡戶銀屏人窈窕，瑤琴暗寫相思調，一曲關心多少。臨邛客舍成都道，苦恨相逢不早！（此三曲分詠羅敷莫愁文君三事，尚有九曲詠九事，文多略之。）

## 第四章　宋之樂曲

放隊

新詞宛轉遞相傳，振袖傾鬟風露前，月落烏啼雲雨散，遊人陌上拾花鈿。

此種詞前有勾隊詞，後以一詩一曲相間，終以放隊詞，則亦用七絕，此宋初體格如此。然至汴宋之末，則其體漸變。《夢粱錄》（卷二十）：「在京時，只有纏令纏達，有引子尾聲為纏令，引子後只有兩腔迎互循環，間有纏達。」此纏達之音，與傳踏同，其為一物無疑也。吳《錄》所云，與上文之傳踏相比較，其變化之跡顯然。蓋勾隊之詞，變而為引子；放隊之詞，變而為尾聲；曲前之詩，後亦變而用他曲：故云引子後只有兩腔迎互循環也。今纏達之詞皆亡，唯元劇中正宮套曲，其體例全自此出，觀第七章所引例，自可瞭然矣。

傳踏之制，以歌者為一隊，且歌且舞，以侑賓客。宋時有與此相似，或同實異名者，是為隊舞。《宋史·樂志》：「隊舞之制，其名各十。小兒隊凡七十二人：一曰柘枝隊，二曰劍器隊，三曰婆羅門隊，四曰醉胡騰隊，五曰諢臣萬歲樂隊，六曰兒童感聖樂隊，七曰玉兔渾脫隊，八曰異域朝天隊，九曰兒童解紅隊，十曰射鵰回鶻隊。女弟子隊凡一百五十三人：一曰菩薩蠻隊，二曰感化樂隊，三曰拋球樂隊，四曰佳人剪牡丹隊，五曰拂霓裳隊，六曰採蓮隊，七曰鳳迎樂隊，八曰菩薩獻香花

隊，九日彩雲仙隊，十日打球樂隊。」其裝飾各由其隊名而異：如佳人剪牡丹隊，則衣紅生色砌衣，戴金冠，剪牡丹花；採蓮隊則執蓮花；菩薩獻香花隊則執香花盤。其舞未詳，其曲宋人或取以填詞。其中有拂霓裳隊，而《碧雞漫志》謂石曼卿作《拂霓裳傳踏》，恐與傳踏為一，或為傳踏之所自出也。

宋時舞曲，尚有曲破。《宋史·樂志》：「太宗洞曉音律，制曲破二十九。」此在唐五代已有之，至宋時又藉以演故事。史浩《鄮峰真隱漫錄》之《劍舞》即是也。今錄其辭如下：

### 劍舞（《鄮峰真隱漫錄》卷四十六）

二舞者對廳立裀上，（下略）樂部唱〈劍器曲破〉，作舞一段了。二舞者同唱〈霜天曉角〉。

瑩瑩巨闕，左右凝霜雪；且向玉階掀舞，終當有用時節。唱徹，人盡說，寶此剛不折，內使奸雄落膽，外須遣豺狼滅。

樂部唱曲子，作舞《劍器曲破》一段。舞罷，二人分立兩邊。別二人漢裝者出，對坐。桌上設酒桌。竹竿子念：

「伏以斷蛇大澤，逐鹿中原，佩赤帝之真符，接蒼姬之正統。皇威既振，天命有歸，量勢雖盛於重瞳，度德難勝於隆準。鴻門設會，亞父輸謀，徒矜起舞之雄姿，厥有解紛之壯士。想當時之賈勇，激烈飛揚，宜後世之效顰，迴翔宛轉。雙鸞奏技，四座騰歡。」

## 第四章　宋之樂曲

樂部唱曲子，舞《劍器曲破》一段。一人左立者，上裀舞，有欲刺右漢裝者之勢，又一人舞進前，翼蔽之。舞罷，兩舞者並退。漢裝者亦退。復有兩人唐裝者出，對坐，桌上設筆硯紙，舞者一人換婦人裝，立裀上。竹竿子唸：

「伏以雲鬟聳蒼璧，霧縠罩香肌，袖翻紫電以連軒，手握青蛇而的皪。花影下游龍自躍，錦裀上蹌鳳來儀，逸態橫生，瑰姿譎起。領此入神之技，誠為駭目之觀，巴女心驚，燕姬色沮。豈唯張長史草書大進，抑亦杜工部麗句新成。稱妙一時，流芳萬古，宜呈雅態，以洽濃歡。」

樂部唱曲子，舞《劍器曲破》一段，作龍蛇蜿蜒曼舞之勢。兩人唐裝者起。二舞者，一男一女，對舞，結《劍器曲破》徹。竹竿子唸：

「項伯有功扶帝業，大娘馳譽滿文場，合茲二妙甚奇特，欲使嘉賓釂一觴。霍如羿射九日落，矯如群帝驂龍翔，來如雷霆收震怒，罷如江海含晴光。歌舞既終，相將好去。」

唸了，二舞者出隊。

由此觀之，其樂有聲無詞，且於舞踏之中，寓以故事，頗與唐之歌舞戲相似。而其曲中有「破」有「徹」，蓋截大麴入破以後用之也。

此外兼歌舞之伎，則為大麴。大麴自南北朝已有此名。南

朝大麯,則清商三調中之大麯,《宋書·樂志》所載者是也。北朝大麯,則《魏書·樂志》言之而不詳。至唐而雅樂、清樂、燕樂、西涼、龜茲、安國、天竺、疏勒、高昌樂中,均有大麯(見《大唐六典》卷十四《協律郎》條注)。然傳於後世者,唯胡樂大麯耳。其名悉載於《教坊記》,而其詞尚略存於《樂府詩集》近代曲辭中。宋之大麯,即自此出。教坊所奏,凡十八調四十大麯,《文獻通考》及《宋史·樂志》具載其目。此外亦尚有之,故又有五十大麯,及五十四大麯之稱(詳見予《唐宋大麯考》,茲略之)。其曲辭之存於今日者,有董穎〈薄媚〉(《樂府雅詞》卷上)、曾布〈水調歌頭〉(王明清《玉照新志》卷二)、史浩〈採蓮〉(《鄮峰真隱漫錄》卷四十五),三曲稍長,然亦非其全遍。其中間一二遍,則於宋詞中間遇之。大麯遍數,多至一二十。其各遍之名,則唐時有排遍、入破、徹(《樂府詩集》卷七十九)。而排遍、入破,又各有數遍。徹者,入破之末一遍也。宋大麯則王灼謂:「凡大麯有散序、靸、排遍、攧、正攧、入破、虛催、實催、袞遍、歇拍、殺袞,始成一曲,謂之大遍。」(《碧雞漫志》卷三)沈括亦云:「所謂大遍者,有序、引、歌、㲀、嗺、哨、催、攧、袞、破、行、中腔、踏歌之類,凡數十解。」(《夢溪筆談》卷五)沈氏所列各名,與現存大麯不合。王說近之。唯攧後尚有延遍,實催前尚有袞遍(即張炎《詞源》所謂中袞)。而散序與排遍,均不止一遍,排遍且

多至八九，故大麴遍數，往往至於數十，唯宋人多裁截用之。即其所用者，亦以聲與舞為主，而不以詞為主，故多有聲無詞者。自北宋時，葛守誠撰四十大麴，而教坊大麴，始全有詞。然南宋修內司所編《樂府混成集》，大麴一項，凡數百解，有譜無詞者居半（周密《齊東野語》卷十），則亦不以詞重矣。其攧、破、催、袞，以舞之節名之。此種大麴，遍數既多，自於敘事為便，故宋人詠事多用之。今錄董穎〈薄媚〉，以示其一例；宋人大麴之存者，以此為最長矣。

## 薄媚（西子詞）（《樂府雅詞》卷上）

### 排遍第八

　　怒濤卷雪，巍岫布雲，越襟吳帶如斯。有客經遊，月伴風隨。值盛世，觀此江山美，合放懷，何事卻興悲？不為回頭，舊國天涯，為想前君事，越王嫁禍獻西施，吳即中深機。闔廬死，有遺誓，勾踐必誅夷。吳未乾戈出境，倉卒越兵，投怒夫差，鼎沸鯨鯢。越遭勁敵，可憐無計脫重圍！歸路茫然，城郭邱墟，飄泊稽山裡。旅魂暗逐戰塵飛，天日慘無輝。

### 排遍第九

　　自笑平生，英氣凌雲，凜然萬里宣威。那知此際，熊虎塗窮，來伴麋鹿卑棲。既甘臣妾，猶不許，何為計？爭若都燔寶

器，盡誅吾妻子，徑將死戰決雄雌，天意恐憐之。偶聞太宰正擅權，貪賂市恩私。因將寶玩獻誠，雖脫霜戈，石室囚繫憂嗟，又經時。恨不如巢燕自由歸，殘月朦朧，寒雨瀟瀟，有血都成淚。備嘗嶮厄反邦畿，冤憤刻肝脾。

## 第十攧

種陳謀，謂吳兵正熾，越勇難施；破吳策，唯妖姬。有傾城妙麗，名稱（一作字）西子歲方笄，算夫差惑此，須致顛危。范蠡微行，珠貝為香餌，苧蘿不釣釣深閨。吞餌果殊姿。素肌纖弱，不勝羅綺。鸞鏡畔，粉面淡勻，梨花一朵瓊壺裡，嫣然意態嬌春，寸眸剪水，斜鬟鬆翠，人無雙宜。名動君王，繡履容易，來登王陛。

## 入破第一

窣湘裙，搖漢珮，步步香風起。斂雙蛾，論時事，蘭心巧會君意。殊珍異寶，猶自朝臣未與，妾何人，被此隆恩，雖令效死奉嚴旨。隱約龍姿忻悅，更把甘言說。辭俊美，質娉婷，天教汝眾美兼備。聞吳重色，憑汝和親，應為靖邊陲。將別金門，俄揮粉淚，靚妝洗。

## 第二虛催

飛雲駛香車，故國難回睇，芳心漸搖，迤邐吳都繁麗。忠

臣子胥,預知道為邦祟,諫言先啟,願勿容其至。周亡褒姒,商傾妲己。吳王卻嫌胥逆耳,才經眼便深恩愛,東風暗綻嬌蕊,綵鸞翻妒伊,得取次於飛共戲,金屋看承,他宮盡廢。

## 第三衮遍

華宴夕,燈搖醉,粉菡萏,籠蟾桂。揚翠袖,含風舞,輕妙處,驚鴻態,分明是瑤臺瓊榭,閬苑蓬壺景,盡移此地。花繞仙步,鶯隨管吹。寶帳暖,留春百和,馥郁融鴛被。銀漏永,楚雲濃,三竿日猶褪霞衣。宿醒輕腕嗅,宮花雙帶系,合約心時,波下比目,深憐到底。

## 第四催拍

耳盈絲竹,眼搖珠翠,迷樂事,宮闈內。爭知漸國勢陵夷。奸臣獻佞,轉恣奢淫,天譴歲屢飢。從此萬姓,離心解體。越遣使陰窺虛實,蚤夜營邊備。兵未動,子胥存,雖堪伐,尚畏忠義。斯人既戮,又且嚴兵捲土赴黃池,觀釁種蠡,方云可矣。

## 第五衮遍

機有神,征鞏一鼓,萬馬襟喉地。庭喋血,誅留守,憐屈服,斂兵還,危如此。當除禍本,重結人心,爭奈竟荒迷。戰骨方埋,靈旗又指。勢連敗,柔荑攜泣,不忍相拋棄。身在

兮,心先死,宵奔兮,兵已前圍。謀窮計盡,唳鶴啼猿,聞處分外悲。丹穴縱近,誰容再歸。

## 第六歇拍

哀誠屢吐,甬東分賜,垂暮日置荒隅,心知愧。寶鍔紅委,鸞存鳳去,辜負恩憐,情不似虞姬。尚望論功,榮歸故里。降令曰:吳無赦汝,越與吳何異。吳正怨,越方疑,從公論合去妖類。蛾眉宛轉,竟殞鮫綃,香骨委塵泥。渺渺姑蘇,荒蕪鹿戲。

## 第七煞袞

王公子,青春更才美,風流慕連理。耶溪一日,悠悠回首凝思。雲鬟煙鬢,玉珮霞裾,依約露妍姿。送目驚喜,俄迁玉趾。同仙騎洞府歸去,簾櫳窈窕戲魚水。正一點犀通,遽別恨何已!媚魄千載,教人屬意,況當時金殿裡。

此曲自〈排遍第八〉至〈煞袞〉,共十遍,而截去〈排遍第七〉以上不用。此種大麴,遍數既多,雖便於敘事,然其動作皆有定則,欲以完全演一故事,固非易易。且現存大麴,皆為敘事體,而非代言體。即有故事,要亦為歌舞戲之一種,未足以當戲曲之名也。

由上所述宋樂曲觀之,則傳踏僅以一曲反覆歌之;曲破與

## 第四章　宋之樂曲

大麴,則曲之遍數雖多,然仍限於一曲。至合數曲而成一樂者,唯宋鼓吹曲中有之。宋大駕鼓吹,恆用〈導引〉、〈六州〉、〈十二時〉三曲。梓宮發引,則加〈祔陵歌〉,虞主回京,則加〈虞主歌〉,各為四曲。南渡後郊祀,則於〈導引〉、〈六州〉、〈十二時〉三曲外,又加〈奉禋歌〉、〈降仙臺〉二曲,共為五曲。合曲之體例,始於鼓吹見之。若求之於通常樂曲中,則合諸曲以成全體者,實自諸宮調始。諸宮調者,小說之支流,而被之以樂曲者也。《碧雞漫志》(卷二):「熙寧元豐間,澤州孔三傳始創諸宮調古傳,士大夫皆能誦之。」《夢粱錄》(卷二十)云:「說唱諸宮調,昨汴京有孔三傳,編成傳奇靈怪,入曲說唱。」《東京夢華錄》(卷五)紀崇觀以來瓦舍伎藝,有「孔三傳、耍秀才諸宮調」。《武林舊事》(卷六)所載諸色伎藝人,諸宮調傳奇有高郎婦等四人。則南北宋均有之。今其詞尚存者,唯金董解元之《西廂》耳。董解元《西廂》,胡元瑞、焦理堂、施北研筆記中,均有考訂,訖不知為何體。沈德符《野獲編》(卷二十五)且妄以為金人院本模範。以餘考之,確為諸宮調無疑。觀陶南村《輟耕錄》謂:「金章宗時董解元所編《西廂記》,時代未遠,猶罕有人能解之。」則後人不識此體,固不足怪也。此編之為諸宮調有三證:本書卷一〈太平賺〉詞云:「俺平生情性好疏狂,疏狂的情性難拘束。一回家想麼,詩魔多,愛選多情曲。比前賢樂府不中聽,在諸宮調裡卻著數。」此開

卷自敘作詞緣起,而自云「在諸宮調裡」,其證一也。元凌雲翰《柘軒詞》有〈定風波〉詞賦《崔鶯鶯傳》云:「翻殘金舊日諸宮調本,才入時人聽。」則金人所賦《西廂》詞,自為諸宮調,其證二也。此書體例,求之古曲,無一相似。獨元王伯成《天寶遺事》,見於《雍熙樂府》、《九宮大成》所選者,大致相同。而元鍾嗣成《錄鬼簿》(卷上)於王伯成條下注云:「有《天寶遺事諸宮調》行於世。」王詞既為諸宮調,則董詞之為諸宮調無疑,其證三也。其所以名諸宮調者,則由宋人所用大麴傳踏,不過一曲,其為同一宮調中甚明;唯此編每宮調中,多或十餘曲,少或一二曲,即易他宮調,合若干宮調以詠一事,故謂之諸宮調。今錄二三調以示其例:

《黃鐘宮・出隊子》最苦是離別,彼此心頭難棄捨。鶯鶯哭得似痴呆,臉上啼痕都是血,有千種恩情何處說。夫人道「天晚教郎疾去」,怎奈紅娘心似鐵,把鶯鶯扶上七香車。君瑞攀鞍空自攔,道得個冤家寧奈些。

〈尾〉馬兒登程,坐車兒歸舍。馬兒往西行,坐車兒往東拽,兩口兒一步兒離得遠如一步也。

《仙呂調・點絳唇》〈纏令〉美滿生離,據鞍兀兀離腸痛。舊歡新寵,變作高唐夢。回首孤城,依約青山擁。西風送,戍樓寒重,初品〈梅花弄〉。

〈瑞蓮兒〉衰草悽悽一徑通,丹楓索索滿林紅。平生蹤跡無定著,如斷蓬。聽塞鴻,啞啞的飛過暮雲重。

〈風吹荷葉〉憶得枕鴛衾鳳,今宵管半壁兒沒用。觸目淒涼千萬種:見滴流流的紅葉,淅零零的微雨,率刺刺的西風。

〈尾〉驢鞭半裊,吟肩雙聳,休問離愁輕重,向個馬兒上駝也駝不動。(離蒲西行三十里,日色晚矣,野景堪畫。)

《仙呂調·賞花時》落日平林噪晚鴉,風袖翩翩催瘦馬,一徑入天涯,荒涼古岸,衰草帶霜滑。瞥見個孤林端入畫,籬落蕭疏帶淺沙,一個老大伯捕魚蝦,橫橋流水,茅舍映獲花。

〈尾〉駝腰的柳樹上有魚槎,一竿風旆茅簷上掛。澹煙瀟灑,橫鎖著兩三家。(生投宿於村落。)

此上八曲,已易三調,全書體例皆如是。此於敘事最為便利,蓋大麯等先有曲,而後人藉以詠事;此則制曲之始,本為敘事而設。故宋金雜劇院本中,後亦用之(見後二章),非徒供說唱之用而已。

宋人樂曲之不限一曲者,諸宮調之外,又有賺詞。賺詞者,取一宮調之曲若干,合之以成一全體。此體久為世人所不知,案《夢粱錄》(卷二十):「紹興年間,有張五牛大夫,因聽動鼓板中有〈太平令〉或賺鼓板,即今拍板大節抑揚處是也,遂撰為賺。賺者,誤賺之義,正堪美聽中,不覺已至尾聲,

是不宜為片序也。又有覆賺，其中變花前月下之情，及鐵騎之類」云云。是唱賺之中，亦有敷演故事者，今已不傳。其常用賺詞，餘始於《事林廣記》（日本翻元泰定本戊集卷二）中發見之。其前且有唱賺規例，今具錄如下：

（遏雲要訣）「夫唱賺一家，古謂之道賺。腔必真，字必正。欲有墩亢掣拽之殊，字有唇喉齒舌之異，抑分輕清重濁之聲，必別合口半合口之字，更忌馬囂鞍子，俗語鄉談。如對聖案，但唱樂道、山居、水居、清雅之詞，切不可以風情花柳豔冶之曲；如此，則為瀆聖。社條不賽，筵會吉席，上壽慶賀，不在此限。假如未唱之初，執拍當胸，不可高過鼻，須假鼓板村掇，三拍起引子，唱頭一句。又三拍至兩片結尾，三拍煞；入序，尾，三拍巾鬥煞；入賺，頭一字當一拍，第一片三拍，後仿此。出賺三拍，出聲巾鬥又三拍煞。尾聲，總十二拍：第一句四拍，第二句五拍，第三句三拍煞。此一定不逾之法。」

遏雲致語（筵會用）〈鷓鴣天〉

遇酒當歌酒滿斟，一觴一詠樂天真，三杯五盞陶情性，對月臨風自賞心。環列處，總佳賓，歌聲嘹亮過行雲，春風滿座知音者，一曲教君側耳聽。

圓社市語《中呂宮·圓裡圓》

〈紫蘇丸〉相逢閒暇時，有閒的打喚瞞兒，呵喝囉聲啾道賺廝，俺嗏歡喜，才下腳，須和美。試問伊家，有甚夾氣，又管

## 第四章　宋之樂曲

甚官場側背，算人間落花流水。

〈縷縷金〉把金銀錠打旋起，花星臨照我，怎躲避？近日間遊戲，因到花市簾兒下，瞥見一個表兒圓，咱每便著意。

〈好女兒〉生得寶妝蹺，身分美，繡帶兒纏腳，更好肩背。畫眉兒入鬢春山翠。帶著粉鉗兒，更綰個朝天髻。

〈大夫娘〉忙入步，又遲疑，又怕五角兒衝撞我沒蹺踢。網兒盡是札，圓底都鬆例，要拋聲忒壯果難為，真個費腳力。

〈好孩子〉供送飲三杯，先入氣，道今宵打歇處，把人拍惜。怎知他水脈透不由得你。我們只要表兒圓時，復地一閣兒美。

〈賺〉春遊禁陌，流鶯往來穿梭戲，紫燕歸巢，葉底桃花綻蕊。賞芳菲，蹴鞦韆高而不遠，似踏火不沾地，見小池，風擺荷葉戲水。素秋天氣，正玩月斜插花枝，賞登高佶料沙羔美，最好當場落帽，陶潛菊繞籬。仲冬時，那孩兒忌酒怕風，帳幕中纏腳忒稔膩。講論處，下梢團圓到底，怎不則劇。

〈越恁好〉勘腳並打二步步隨定伊，何曾見走衰，你於我，我與你，場場有踢，沒些拗背。兩個對壘，天生不枉作一對。腳頭果然廝稠密。

〈鶻打兔〉從今後一來一往，休要放脫些兒，又管甚攪閒底拽，閑定白打賺廝，有千般解數，真個難比。

骨自有

【尾聲】五花叢裡英雄輩，倚玉偎香不暫離，做得個風流第一。

《事林廣記》雖載此詞，然不著其為何時人所作。以餘考之，則當出南渡之後。詞前有「遏雲要訣」，遏雲者，南宋歌社之名。《武林舊事》（卷三）「二月八日，為相川張王生辰，霍山行宮朝拜極盛，百戲競集。如緋綠社（雜劇）、齊雲社（蹴球）、遏雲社（唱賺）等」云云。《夢粱錄》（卷十九）《社會》條下亦載之。今此詞之首，有遏雲要訣、遏雲致語，又云「唱賺」「道賺」，而詞中又有賺詞，則為宋遏雲社所唱賺詞無疑也。所唱之曲，題為「圓社市語」，圓社，謂蹴球，《事林廣記》戌集（卷二）《圓社摸場》條，起四句云：「四海齊雲社，當場蹴氣球，作家偏著所，圓社最風流。」今曲題如此，而曲中所使，皆蹴球家語，則圓社為齊雲社無疑。以遏雲社之人，唱齊雲社之事，謂非南宋人所作不可也。此詞自其結構觀之，則似北曲；自其曲名，則疑為南曲。蓋其用一宮調之曲，頗似北曲套數。其曲名則〈縷縷金〉、〈好孩兒〉、〈越恁好〉三曲，均在南曲中呂宮，〈紫蘇丸〉則在南曲仙呂宮，北曲中無此數調。〈鵲打兔〉則南北曲皆有，唯皆無〈大夫娘〉一曲。蓋南北曲之形式及材料，在南宋已全具矣。

# 第四章　宋之樂曲

# 第五章
# 宋官本雜劇段數

## 第五章　宋官本雜劇段數

由前三章研究之所得,而後宋之戲曲,可得而論焉。戲曲之作,不能言其始於何時。宋《崇文總目》(卷一)已有周優人《曲辭》二卷。原釋云:「周吏部侍郎趙上交,翰林學士李昉,諫議大夫劉陶,司勳郎中馮古,纂錄燕優人曲辭。」此燕為劉守光之燕,或契丹之燕,其曲辭為樂曲或戲曲,均不可考。《宋史・樂志》亦言真宗不喜鄭聲,而或為雜劇詞,未嘗宣布於外。《夢粱錄》(卷二十)亦云:「曩者汴京教坊大使孟角球,曾做雜劇本子,葛守誠撰四十大麯。」則北宋固確有戲曲。然其體裁如何,則不可知。唯《武林舊事》(卷十)所載官本雜劇段數,多至二百八十本。今雖僅存其目,可以窺兩宋戲曲之大概焉。

就此二百八十本精密考之,則其用大麯者一百有三,用法曲者四,用諸宮調者二,用普通詞調者三十有五。茲分別敘之。

大麯一百有三本:

〈六麼〉二十本(案《宋史・樂志》、《文獻通考・教坊部》十八調中,中呂調、南呂調、仙呂調,均有〈綠腰〉大麯,「六麼」即其略字也。)

《爭曲六麼》、《扯攔六麼》、《教鰲六麼》、《鞭帽六麼》、《衣籠六麼》、《廚師六麼》、《孤奪旦六麼》、《王子高六麼》、《崔

護六麼》、《骰子六麼》、《照道六麼》、《鶯鶯六麼》、《大宴六麼》、《驢精六麼)、《女生外嚮六麼》、《慕道六麼》、《三偌慕道六麼》、《雙攔哮六麼》、《趕厥夾六麼》、《羹湯六麼》。

〈瀛府〉六本（《宋史‧樂志》及《通考‧教坊部》十八調中，正宮、南呂宮中，均有〈瀛府〉大麯。）

《索拜瀛府》、《厚熟瀛府》、《哭骰子瀛府》、《醉院君瀛府》、《懊骨頭瀛府》、《賭錢望瀛府》。

〈梁州〉七本（《宋史‧樂志》及《通考‧教坊部》十八調中，正宮調、道調宮、仙呂宮、黃鐘宮，均有〈梁州〉大麯。）

《四僧梁州》、《三索梁州》、《詩曲梁州》、《頭錢梁州》、《食店梁州》、《法事饅頭梁州》、《四哮梁州》。

〈伊州〉五本（《宋史‧樂志》及《通考‧教坊部》十八調，越調、歇指調中，均有〈伊州〉大麯。）

《領伊州》、《鐵指甲伊州》、《鬧伍伯伊州》、《裴少俊伊州》、《食店伊州》。

〈新水〉四本（《宋史‧樂志》及《通考‧教坊部》十八調，雙調中有〈新水調〉大麯。「新水」，即〈新水調〉之略也。）

《桶擔新水》、《雙哮新水》、《燒花新水》、《新水爨》。

〈薄媚〉九本（《宋史‧樂志》及《通考‧教坊部》十八調，

道調宮、南呂宮中，均有〈薄媚〉大麴。）

《簡帖薄媚》、《請客薄媚》、《錯取薄媚》、《傳神薄媚》、《九妝薄媚》、《本事現薄媚》、《打調薄媚》、《拜褥薄媚》、《鄭生遇龍女薄媚》。

〈大明樂〉三本（《宋史·樂志》及《通考·教坊部》十八調，大石調中有〈大明樂〉大麴。）

《土地大明樂》、《打球大明樂》、《三爺老大明樂》。

〈降黃龍〉五本（案《宋史·樂志》及《通考·教坊部》大麴中，無〈降黃龍〉之名，然張炎《詞源》卷下云：「如〈六麼〉，如〈降黃龍〉，皆大麴。」又云：「大麴〈降黃龍〉花十六，當用十六拍。」今《董西廂》及南北曲均有〈降黃龍袞〉一調，袞者，大麴中一遍之名，則此五本為大麴無疑。）

《列女降黃龍》、《雙旦降黃龍》、《柳批上官降黃龍》、《入寺降黃龍》、《偷標降黃龍》。

〈胡渭州〉四本（《宋史·樂志》及《通考·教坊部》十八調，小石調、林鐘商中均有〈胡渭州〉大麴。）

《趕厥胡渭州》、《單番將胡渭州》、《銀器胡渭州》、《看燈胡渭州》。

〈石州〉三本（《宋史·樂志》及《通考·教坊部》十八調，越調中有〈石州〉大麴。）

《單打石州》、《和尚那石州》、《趕厥石州》。

〈大聖樂〉三本（《宋史‧樂志》及《通考‧教坊部》十八調，道調宮中有〈大聖樂〉大麴。）

《塑金剛大聖樂》、《單打大聖樂》、《柳毅大聖樂》。

〈中和樂〉四本（《宋史‧樂志》及《通考‧教坊部》十八調，黃鐘宮中有〈中和樂〉大麴。）

《霸王中和樂》、《馬頭中和樂》、《大打調中和樂》、《封鷙中和樂》。

〈萬年歡〉二本（《宋史‧樂志》及《通考‧教坊部》十八調，中呂宮中有〈萬年歡〉大麴。）

《喝貼萬年歡》、《託合萬年歡》。

〈熙州〉三本（案《宋史‧樂志》及《通考‧教坊部》十八調，四十大麴中無〈熙州〉之名。然洪邁《容齋隨筆》卷十四云：「今世所傳大麴，皆出於唐。而以州名者五：伊、涼、熙、石、渭也。」周邦彥《片玉詞》有「氏州第一」詞。毛晉注《清真集》作〈熙州摘遍〉，是氏州即熙州。摘遍者，謂摘大麴之一遍為之，亦宋人語，則〈熙州〉之為大麴審矣。）

《迓鼓熙州》、《駱駝熙州》、《二郎熙州》。

〈道人歡〉四本（《宋史‧樂志》及《通考‧教坊部》十八

調,中呂調中有〈道人歡〉大麴。)

《大打調道人歡》、《會子道人歡》、《打拍道人歡》、《越娘道人歡》。

〈長壽仙〉三本(《宋史‧樂志》及《通考‧教坊部》十八調,般涉調中有〈長壽仙〉大麴。)

《打勘長壽仙》、《偌賣旦長壽仙》、《分頭子長壽仙》。

〈劍器〉二本(《宋史‧樂志》及《通考‧教坊部》十八調,中呂宮、黃鐘宮中,均有〈劍器〉大麴。)

《病爺老劍器》、《霸王劍器》。

〈延壽樂〉二本(《宋史‧樂志》及《通考‧教坊部》十八調,仙呂宮中有〈延壽樂〉大麴。)

《黃傑進延壽樂》、《義養娘延壽樂》。

〈賀皇恩〉二本(《宋史‧樂志》及《通考‧教坊部》十八調,林鐘商中有〈賀皇恩〉大麴。)

《扯籃兒賀皇恩》、《催妝賀皇恩》。

〈採蓮〉三本(《宋史‧樂志》及《通考‧教坊部》十八調,雙調中有〈採蓮〉大麴。)

《唐輔採蓮)、《雙哮採蓮》、《病和採蓮》。

〈保金枝〉一本(《宋史‧樂志》及《通考‧教坊部》十八

調,仙呂宮中有〈保金枝〉大麴。)

《檻偌保金枝》。

〈嘉慶樂〉一本(《宋史・樂志》及《通考・教坊部》十八調,小石調中有〈嘉慶樂〉大麴。)

《老孤嘉慶樂》。

〈慶雲樂〉一本(《宋史・樂志》及《通考・教坊部》十八調,歇指調中有〈慶雲樂〉大麴。)

《進筆慶雲樂》。

〈君臣相遇樂〉一本(《宋史・樂志》及《通考・教坊部》十八調,歇指調中有〈君臣相遇樂〉大麴,「相遇樂」,即〈君臣相遇樂〉之略也。)

《裴航相遇樂》。

〈泛清波〉二本(《宋史・樂志》及《通考・教坊部》十八調,林鐘商中有〈泛清波〉大麴。)

《能知他泛清波》、《三釣魚泛清波》。

〈彩雲歸〉二本(《宋史・樂志》及《通考・教坊部》十八調,仙呂調中有〈彩雲歸〉大麴。)

《夢巫山彩雲歸》、《青陽觀碑彩雲歸》。

〈千春樂〉一本(《宋史・樂志》及《通考・教坊部》十八

## 第五章　宋官本雜劇段數

調,黃鐘羽中有〈千春樂〉大麴。)

《禾打千春樂》。

〈罷金鉦〉一本(《宋史・樂志》及《通考・教坊部》十八調,南呂調中有〈罷金鉦〉大麴。)

《牛五郎罷金鉦》(原作〈罷金征〉,誤也)。

以上百有三本,皆為大麴。其為曲二十有八,而其中二十六,在《教坊部》四十大麴中。餘如〈降黃龍〉、〈熙州〉二曲之為大麴,亦有宋人之說可證也。

法曲四本:

《棋盤法曲》、《孤和法曲》、《藏瓶法曲》、《車兒法曲》。

《宋史・樂志》有法曲部。其曲二:一曰《道調宮・望瀛》,二曰《小石調・獻仙音》。《詞源》(卷下)謂大麴片數(即遍數)與法曲相上下,則二者略相似也。

諸宮調二本:

《諸宮調霸王》、《諸宮調卦冊兒》。

按此即以諸宮調填曲也。

普通詞調三十本:

《打地鋪逍遙樂》、《病鄭逍遙樂》、《崔護逍遙樂》、《瀽甕逍遙樂》、《四鄭舞楊花》、《四偌滿皇州》(原脫滿字)、《浮漚

暮雲歸》、《五柳菊花新》、《四季夾竹桃》、《醉花陰爨》、《夜半樂爨》、《木蘭花爨》、《月當廳爨》、《醉還醒爨》、《撲蝴蝶爨》、《滿皇州卦鋪兒》、《白苧卦鋪兒》、《探春卦鋪兒》、《三哮好女兒》、《二郎神變二郎神》、《大雙頭蓮》、《小雙頭蓮》、《三笑月中行》、《三登樂院公狗兒》、《三教安公子》、《普天樂打三教》、《滿皇州打三教》、《三姐醉還醒》、《三姐黃鶯兒》、《賣花黃鶯兒》。

其不見宋詞，而見於金元曲調者九本：

《四小將整乾坤》、《棹孤舟爨》、《慶時豐卦鋪兒》、《三哮上小樓》、《鶻打兔變二郎神》、《雙羅羅啄木兒》、《賴房錢啄木兒》、《圍城啄木兒》、《四國朝》。

此外有不著其名，而實用曲調者。如《三十拍爨》則李涪《刊誤》云：「㩆酒三十拍，促曲名〈三臺〉。」則實用〈三臺〉曲也。《三十六拍爨》當亦仿此。《錢手帕爨》注云：「小字〈太平歌〉」，則用〈太平歌〉曲也。餘如《兩相宜萬年芳》之〈萬年芳〉，《病孤三鄉題》、《王魁三鄉題》、《強偌三鄉題》之〈三鄉題〉，《三哮文字兒》之〈文字兒〉，雖詞曲調中，均不見其名，以他本例之，疑亦俗曲之名也。又如《崔智韜艾虎兒》、《雌虎》(原注云：崔智韜)二本，並不見有用歌曲之跡，而關漢卿《謝天香》雜劇楔子曰：「鄭六遇妖狐，崔韜逢雌虎，大麴內

## 第五章　宋官本雜劇段數

盡是寒儒。」則此二本之一，當以大麴演之。此外各本之類此者，當亦不乏也。

由此觀之，則此二百八十本中，其用大麴、法曲、諸宮調、詞曲調者，共一百五十餘本，已過全數之半，則南宋雜劇，殆多以歌曲演之，與第二章所載滑稽戲迥異。其用大麴、法曲、諸宮調者，則曲之片數頗多，以敷衍一故事，自覺不難。其單用詞調及曲調者，只有一曲，當以此曲循環敷演，如上章傳踏之例，此在元明南曲中，尚得發見其例也。

且此二百八十本，不皆純正之戲劇。如《打調薄媚》、《大打調中和樂》、《大打調道人歡》三本，則劉昌詩《蘆浦筆記》（卷三）謂街市戲謔，有打砌打調之類，實滑稽戲之支流，而佐以歌曲者也。如《門子打三教爨》、《雙三教》、《三教安公子》、《三教鬧著棋》、《打三教庵宇》、《普天樂打三教》、《滿皇州打三教》、《領三教》，則演前章所述三教人者也。《迓鼓兒熙州》、《迓鼓孤》，則前章所云訝鼓之戲也。《天下太平爨》及《百花爨》，則《樂府雜錄》所謂字舞花舞也。案《齊東野語》（卷十）云：州郡遇聖節錫宴，率命猥伎數十，群舞於庭，作天下太平字，殊為不經；而唐王建《宮詞》云，「每過舞頭分兩向，太平萬歲字當中」，則此事由來久矣」，云云。可知宋代戲劇，實綜合種種之雜戲；而其戲曲，亦綜合種種之樂曲，此事觀後數章

自益明也。

　　此項官本雜劇，雖著錄於宋末，然其中實有北宋之戲曲，不可不知也。如《王子高六麼》一本，實神宗元豐以前之作。趙彥衛《雲麓漫鈔》（卷十）：「王迥字子高，舊有周瓊姬事，胡徽之為作傳，或用其傳作〈六麼〉。」朱彧《萍洲可談》（卷一）：「王迥美姿容，有才思，少年時不甚持重，間為狎邪輩所誣，播入樂府。今〈六麼〉所歌奇俊王家郎者，乃迥也。元豐初，蔡持正舉之，可任監司，神宗忽云：『此乃奇俊王家郎手？』持正叩頭請罪。」（又見一宋人小說云：或薦子高於王荊公，公舉此語。今不能舉其書名。案子高嘗從荊公遊，則語或近是。）則此曲實作於神宗時，然至南宋末尚存。吳文英《夢窗乙稿》中，〈惜秋華〉詞自注尚及之。然其為北宋之作，無可疑也。又如《三爺老大明樂》、《病爺老劍器》二本，爺老二字，中國夙未聞有此，疑是契丹語。《唐書‧房琯傳》：「彼曳落河雖多，豈能當我劉秩等。」愚謂曳落河即《遼史》屢見之拽刺。《遼史‧百官志》云：「走卒謂之拽刺」，元馬致遠《薦福碑》雜劇，尚有曳刺，為儓從之屬。爺老二字，當亦曳刺之同音異譯，此必北宋與遼盟聘時輸入之語。則此二本，當亦為北宋之作。以此推之，恐尚不止此數本。然則此二百八十本，與其視為南宋之作，不若視為兩宋之作為妥也。

# 第五章　宋官本雜劇段數

# 第六章
金院本名目

## 第六章　金院本名目

　　兩宋戲劇，均謂之雜劇，至金而始有院本之名。院本者，《太和正音譜》云：「行院之本也。」初不知行院為何語，後讀元刊《張千替殺妻》雜劇云：「你是良人良人宅眷，不是小末小末行院。」則行院者，大抵金元人謂倡伎所居，其所演唱之本，即謂之院本云爾。院本名目六百九十種，見於陶九成《輟耕錄》（卷二十五）者，不言其為何代之作。而院本之名，金元皆有之，故但就其名，頗難區別。以餘考之，其為金人所作，殆無可疑者也（見下）。自此目觀之，甚與宋官本雜劇段數相似，而複雜過之。其中又分子目若干。曰「和麯院本」者十有四本。其所著曲名，皆大麯法曲，則和曲殆大麯法曲之總名也。曰「上皇院本」者十有四本。其中如《金明池》、《萬歲山》、《錯入內》、《斷上皇》等，皆明示宋徽宗時事，他可類推，則上皇者謂徽宗也。曰「題目院本」者二十本。按題目，即唐以來合生之別名。高承《事物紀原》（卷九）《合生》條言：《唐書・武平一傳》平一上書：比來妖伎胡人於御座之前，「或言妃主情貌，或列王公名質，詠歌舞蹈，名曰合生，始自王公，稍及閭巷」，則合生之原，起於唐中宗時也，今人亦謂之唱題目云云。此云題目，即唱題目之略也。曰「霸王院本」者六本，疑演項羽之事。曰「諸雜大小院本」者一百八十有九，曰「院麼」者二十有一，曰「諸雜院爨」者一百有七。陶氏云：「院本又謂之五花爨弄。」則爨亦院本之異名也。曰「衝撞引首」者一百有

九,曰「拴搐豔段」者九十有二。案《夢粱錄》(卷二十)云:「雜劇先做尋常熟事一段,名曰豔段;次做正雜劇。」則引首與豔段,疑各相類。豔段,《輟耕錄》又謂之焰段。曰:「焰段,亦院本之意,但差簡耳。取其如火焰,易明而易滅也。」其所以不得為正雜劇者,當以此;但不知所謂衝撞、拴搐,作何解耳。曰「打略拴搐」者八十有八,曰「諸雜砌」者三十。案《蘆浦筆記》謂:「街市戲謔,有打砌、打調之類。」疑雜砌亦滑稽戲之流。然其目則頗多故事,則又似與打砌無涉。《雲麓漫鈔》(卷八):「近日優人作雜班,似雜劇而稍簡略。金虜官制,有文班武班,若醫卜倡優,謂之雜班。每宴集,伶人進,曰雜班上,故流傳作此。」然《東京夢華錄》已有雜扮之名。《夢粱錄》亦云:「雜扮或曰雜班,又名經(當作紐)元子,又謂之拔和,即雜劇之後散段也。頃在汴京時,村落野夫,罕得入城,遂撰此端,多是借裝為山東河北村叟,以資笑端。」則自北宋已有之。今「打略拴搐」中,有《和尚家門》、《先生家門》、《秀才家門》、《列良家門》、《禾下家門》各種,每種各有數本,疑皆裝此種人物以資笑劇,或為雜扮之類;而所謂雜砌者,或亦類是也。

更就其所著曲名分之,則為大麯者十六:

- 《上墳伊州》、《燒花新水》、《熙州駱駝》、《列良瀛府》、

## 第六章 金院本名目

《賀貼萬年歡》、《摒廩降黃龍》、《列女降黃龍》（以上和麴院本）

- 《進奉伊州》（諸雜大小院本）
- 《鬧夾棒六麼》、《送宣道人歡》、《扯彩延壽樂》、《諱老長壽仙》、《背箱伊州》、《酒樓伊州》、《抹面長壽仙》、《羹湯六麼》（以上諸雜院爨）

為法曲者七：

- 《月明法曲》、《鄆王法曲》、《燒香法曲》、《送香法曲》（以上和麴院本）
- 《鬧夾棒法曲》、《望瀛法曲》、《分拐法曲》（以上諸雜院爨）
- 為詞曲調者三十有七：
- 《病鄭逍遙樂》、《四皓逍遙樂》、《四酸逍遙樂》（以上和麴院本）
- 《春從天上來》（上皇院本）
- 《楊柳枝》（題目院本）
- 《似孃兒》、《醜奴兒》、《馬明王》、《鬥鵪鶉》、《滿朝歡》、《花前飲》、《賣花聲》、《隔簾聽》、《擊梧桐》、《海棠春》、《更漏子》（以上諸雜大小院本）
- 《逍遙樂打馬鋪》、《夜半樂打明皇》、《集賢賓打三教》、《喜

遷鶯剁草鞋》、《上小樓衾頭子》、《單兜望梅花》、《雙聲疊韻》、《河轉迓鼓》、《和燕歸梁》、《謁金門爨》(以上諸雜院爨)

- 《憨郭郎》、《喬捉蛇》、《天下樂》、《山麻稭》、《搗練子》、《淨瓶兒》、《調笑令》、《鬥鼓笛》、《柳青娘》(以上衝撞引首)
- 《歸塞北》、《少年遊》(以上拴搐豔段)
- 《春從天上來》、《水龍吟》(以上打略拴搐)

又「拴搐豔段」中，有一本名《諸宮調》，殆以諸宮調敷演之。則其體裁，全與宋官本雜劇段數相似；唯著曲名者，不及全體十分之一，而官本雜劇則過十分之五，此其相異者也。

此院本名目中，不但有簡易之劇，且有說唱雜戲在其間。如：

《講來年好》、《講聖州序》、《講樂章序》、《講道德經》、《講蒙求爨》、《講心字爨》。

此即推說經諢經之例而廣之。他如：

《訂注論語》、《論語謁食》、《擂鼓孝經》、《唐韻六帖》。

疑亦此類。又有：

《背鼓千字文》、《變龍千字文》、《摔盒千字文》、《錯打千字文》、《木驢千字文》、《埋頭千字文》。

## 第六章　金院本名目

此當取周興嗣《千字文》中語,以演一事,以悅俗耳,在後世南曲賓白中猶時遇之;蓋其由來已古,此亦說唱之類也。又如:

《神農大說藥》、《講百果爨》、《講百花爨》、《講百禽爨》。

案《武林舊事》(卷六)載說藥有楊郎中、徐郎中、喬七官人,則南宋亦有之。其說或借藥名以制曲,或說而不唱,則不可知;至講百果、百花、百禽,亦其類也。

「打略拴搐」中,有《星象名》、《果子名》、《草名》等。以名字終者二十六種,當亦說藥之類。又有:

《和尚家門》四本,《先生家門》四本(自其子目觀之,先生謂道士也),《秀才家門》十本,《列良家門》六本(列良謂日者),《禾下家門》五本(禾下謂農夫),《大夫家門》八本(大夫謂醫士),《卒子家門》四本,《良頭家門》二本(良頭未詳),《邦老家門》五本(邦老謂盜賊),《都子家門》三本(都子謂乞丐),《孤下家門》三本(孤下謂官吏),《司吏家門》二本,《仵作行家門》一本,《撅俫家門》一本(撅俫未詳)。

此五十五本,殆摹寫社會上種種人物職業,與三教、迓鼓等戲相似。此外如「拴搐豔段」中之《遮截架解》、《三打步》、《穿百倬》,「打略拴搐」中之《難字兒》、《猜謎》等,則並競技遊戲等事而有之。此種或占演劇之一部分,或用為戲劇中之材

料，雖不可知，然可見此種戲劇，實綜合當時所有之遊戲技藝，尚非純粹之戲劇也。

此院本名目之為金人所作，蓋無可疑。《輟耕錄》云：「金有雜劇、院本、諸宮調。院本、雜劇，其實一也。國朝院本雜劇，始厘而二之。」今此目之與官本雜劇段數同名者十餘種，而一謂之雜劇，一謂之院本，足明其為金之院本，而非元之院本，一證也。中有《金皇聖德》一本，明為金人之作，而非宋元人之作，二證也。如《水龍吟》、《雙聲疊韻》等之以曲調名者，其曲僅見於《董西廂》，而不見於元曲，三證也。與宋官本雜劇名例相同，足證其為同時之作，四證也。且其中關係開封者頗多，開封者，宋之東都，金之南都，而宣宗貞祐後遷居於此者也，故多演宋汴京時事。「上皇院本」且勿論，他如鄆王、蔡奴，汴京之人也，金明池、陳橋，汴京之地也，其中與宋官本雜劇同名者，或猶是北宋之作，亦未可知。然宋金之間，戲劇之交通頗易，如雜班之名，由北而入南，唱賺之作，由南而入北（唱賺始於紹興間，然《董西廂》中亦多用之）。又如演蔡中郎事者，則南有負鼓盲翁之唱，而院本名目中亦有《蔡伯喈》一本：可知當時戲曲流傳，不以國土限也。

# 第六章 金院本名目

# 第七章
# 古劇之結構

## 第七章　古劇之結構

　　宋金以前雜劇院本,今無一存。又自其目觀之,其結構與後世戲劇迥異,故謂之古劇。古劇者,非盡純正之劇,而兼有競技遊戲在其中,既如前二章所述矣。蓋古人雜劇,非瓦舍所演,則於宴集用之。瓦舍所演者,技藝甚多,不止雜劇一種;而宴集時所以娛耳目者,雜劇之外,亦尚有種種技藝。觀《宋史・樂志》、《東京夢華錄》、《夢粱錄》、《武林舊事》,所載天子大宴禮節可知。即以雜劇言,其種類亦不一。正雜劇之前,有豔段,其後散段謂之雜扮(見第六章),二者皆較正雜劇為簡易。此種簡易之劇,當以滑稽戲競技遊戲充之,故此等亦時冒雜劇之名,此在後世猶然。明顧起元《客座贅語》謂:「南都萬曆以前,大席則用教坊打院本,乃北曲四大套者。中間錯以撮墊圈,舞觀音,或百丈旗,或跳隊。」明代且然,則宋金固不足怪。但其相異者,則明代競技等,錯在正劇之中間,而宋金則在其前後耳。至正雜劇之數,每次所演,亦復不多。《東京夢華錄》謂:「雜劇入場,一場兩段。」《夢粱錄》亦云:「次做正雜劇,通名兩段。」《武林舊事》(卷一)所載「天基聖節排當樂次」,亦皇帝初坐,進雜劇二段,再坐,復進二段。此可以例其餘矣。

　　腳色之名,在唐時只有參軍、蒼鶻,至宋而其名稍繁。《夢粱錄》(卷二十)云:「雜劇中末泥為長,每一場四人或五人。(中略)末泥色主張,引戲色分付,副淨色發喬,副末色打

諢。或添一人,名曰裝孤。」《輟耕錄》(卷二十五)所述略同。唯《武林舊事》(卷一)所載「乾淳教坊樂部」中,雜劇三甲,二甲或八人或五人。其所列腳色五,則有戲頭而無末泥,有裝旦而無裝孤,而引戲、副淨、副末三色則同,唯副淨則謂之次淨耳。《夢粱錄》云:「雜劇中末泥為長。」則末泥或即戲頭;然戲頭、引戲,實出古舞中之舞頭、引舞。(唐王建《宮詞》:「舞頭先拍第三聲」,又:「每過舞頭分兩向」,則舞頭唐時已有之。《宋史・樂志》有引舞,亦謂之引舞頭。《樂府雜錄・傀儡》條有引歌舞者郭郎,則引舞亦始於唐也。)則末泥亦當出於古舞中之舞末。《東京夢華錄》(卷九)云:「舞旋多是雷中慶……舞曲破攧前一遍,舞者入場,至歇拍,一人入場,對舞數拍,前舞者退,獨後舞者終其曲,謂之舞末。」末之名當出於此。又長言之則為末泥也。淨者,參軍之促音,宋代演劇時,參軍色手執竹竿子以句之(見《東京夢華錄》卷九),亦如唐代協律郎之舉麾樂作,偃麾樂止相似,故參軍亦謂之竹竿子。由是觀之,則末泥色以主張為職,參軍色以指麾為職,不親在搬演之列。故宋戲劇中淨、末二色,反不如副淨、副末之著也。

　　唐之參軍、蒼鶻,至宋而為副淨、副末二色。夫上既言淨為參軍之促音,茲何故復以副淨為參軍也?曰:副淨本淨之副,故宋人亦謂之參軍。《夢華錄》中執竹竿子之參軍,當為淨;而第二章滑稽劇中所屢見之參軍,則副淨也。此說有徵乎?曰:

## 第七章　古劇之結構

《輟耕錄》云「副淨古謂之參軍，副末古謂之蒼鶻，鶻能擊禽鳥，末可打副淨」。此說以第二章所引《夷堅志》（丁集卷四）、《桯史》（卷七）、《齊東野語》（卷十三）諸事證之，無乎不合；則參軍之為副淨，當可信也。故淨與末，始見於宋末諸書；而副淨與副末，則北宋人著述中已見之。黃山谷〈鼓笛令〉詞云：「副靖傳語木大，鼓兒裡且打一和。」王直方《詩話》（《苕溪漁隱叢話》前集卷二十引）載：「歐陽公致梅聖俞簡云：『正如雜劇人，上名下韻不來，須副末接續。』」凡宋滑稽劇中，與參軍相對待者，雖不言其為何色，其實皆為副末。此出於唐代參軍與蒼鶻之關係，其來已古。而《夢粱錄》所謂末泥色主張，引戲色分付，副淨色發喬，副末色打諢，此四語實能道盡宋代腳色之職分也。主張、分付，皆編排命令之事，故其自身不復演劇。發喬者，蓋喬作愚謬之態，以供嘲諷；而打諢，則益發揮之以成一笑柄也。試細玩第二章所載滑稽劇，無在不可見發喬打諢二者之關係。至他種雜劇，雖不知如何，然謂副淨、副末二色，為古劇中最重之腳色，無不可也。

至裝孤、裝旦二語，亦有可尋味者。元人腳色中有孤有旦，其實二者非腳色之名；孤者，當時官吏之稱，旦者，婦女之稱。其假作官吏婦女者，謂之裝孤、裝旦則可；若徑謂之孤與旦，則已過矣。孤者，當以帝王官吏自稱孤寡，故謂之孤；旦與妲不知其義。然《青樓集》謂張奔兒為風流旦，李嬌兒為

溫柔旦,則旦疑為宋元倡伎之稱。優伶本非官吏,又非婦人,故其假作官吏婦人者,謂之裝孤、裝旦也。

要之:宋雜劇、金院本二目所現之人物,若姐、若旦、若徠,則示其男女及年齒;若孤、若酸、若爺老、若邦老,則示其職業及位置;若厥、若倈,則示其性情舉止(其解均見拙著《古劇腳色考》);若哮、若鄭、若和,雖不解其義,亦當有所指示。然此等皆有某腳色以扮之,而其自身非腳色之名,則可信也。

宋雜劇、金院本二目中,多被以歌曲。當時歌者與演者,果一人否,亦所當考也。滑稽劇之言語,必由演者自言之;至自唱歌曲與否,則當視此時已有代言體之戲曲否以為斷。若僅有敘事體之曲,則當如第四章所載史浩《劍舞》,歌唱與動作,分為二事也。

綜上所述者觀之,則唐代僅有歌舞劇及滑稽劇,至宋金二代而始有純粹演故事之劇,故雖謂真正之戲劇起於宋代,無不可也。然宋金演劇之結構,雖略如上,而其本則無一存,故當日已有代言體之戲曲否,已不可知。而論真正之戲曲,不能不從元雜劇始也。

# 第七章　古劇之結構

# 第八章
# 元雜劇之淵源

## 第八章　元雜劇之淵源

由前數章之說,則宋金之所謂雜劇院本者,其中有滑稽戲,有正雜劇,有豔段,有雜班,又有種種技藝遊戲。其所用之曲,有大麯,有法曲,有諸宮調,有詞,其名雖同,而其實頗異。至成一定之體段,用一定之曲調,而百餘年間無敢踰越者,則元雜劇是也。元雜劇之視前代戲曲之進步,約而言之,則有二焉。宋雜劇中用大麯者幾半。大麯之為物,遍數雖多,然通前後為一曲,其次序不容顛倒,而字句不容增減,格律至嚴,故其運用亦頗不便。其用諸宮調者,則不拘於一曲,凡同在一宮調中之曲,皆可用之。顧一宮調中,雖或有聯至十餘曲者,然大抵用二三曲而止,移宮換韻,轉變至多,故於雄肆之處,稍有欠焉。元雜劇則不然,每劇皆用四折,每折易一宮調,每調中之曲,必在十曲以上;其視大麯為自由,而較諸宮調為雄肆。且於正宮之〈端正好〉、〈貨郎兒〉、〈煞尾〉,仙呂宮之〈混江龍〉、〈後庭花〉、〈青哥兒〉,南呂宮之〈草池春〉、〈鵪鶉兒〉、〈黃鐘尾〉,中呂宮之〈道和〉,雙調之〈新水令〉、〈折桂令〉、〈梅花酒〉、〈尾聲〉,共十四曲:皆字句不拘,可以增損,此樂曲上之進步。其二則由敘事體而變為代言體也。宋人大麯,就其現存者觀之,皆為敘事體;金之諸宮調,雖有代言之處,而其大體只可謂之敘事。獨元雜劇於科白中敘事,而曲文全為代言。雖宋金時或當已有代言體之戲曲,而就現存者言之,則斷自元劇始,不可謂非戲曲上之一大進步也。此二

者之進步,一屬形式,一屬材質,二者兼備,而後我中國之真戲曲出焉。

顧自元劇之進步言之,雖若出於創作者,然就其形式分析觀之,則頗不然。元劇所用曲,據周德清《中原音韻》所紀,則黃鐘宮二十四章,正宮二十五章,大石調二十一章,小石調五章,仙呂四十二章,中呂三十二章,南呂二十一章,雙調一百章,越調三十五章,商調十六章,商角調六章,般涉調八章,都三百三十五章(章即曲也)。而其中小石、商角、般涉三調,元劇中從未用之。故陶九成《輟耕錄》(卷二十七)無此三調之曲,僅有正宮二十五章,黃鐘十五章,南呂二十章,中呂三十八章,仙呂三十六章,商調十六章,大石十九章,雙調六十章,都二百三十章。二者不同。觀《太和正音譜》所錄,全與《中原音韻》同。則以曲言之,陶說為未備矣。然劇中所用,則出於陶《錄》二百三十章外者甚少。此外百餘章,不過元人小令套數中用之耳。今就此三百三十五章研究之,則其曲為前此所有者幾半。更分析之,則出於大麴者十一:

- 〈降黃龍袞〉(黃鐘)
- 〈梁州〉、〈六麼遍〉(以上正宮)
- 〈催拍子〉(大石)
- 〈伊州遍〉(小石)

- 〈八聲甘州〉、〈六麼序〉、〈六麼令〉(以上仙呂)
- 〈普天樂〉(《宋史・樂志》太宗撰大麴,有《平晉普天樂》,此或其略語也)、〈齊天樂〉(以上中呂)
- 〈梁州第七〉(南呂)。

出於唐宋詞者七十有五:
- 〈醉花陰〉、〈喜遷鶯〉、〈賀聖朝〉、〈晝夜樂〉、〈人月圓〉、〈拋球樂〉、〈侍香金童〉、〈女冠子〉(以上黃鐘宮)
- 〈滾繡球〉、〈菩薩蠻〉(以上正宮)
- 〈歸塞北〉(即詞之〈望江南〉)、〈雁過南樓〉(晏殊《珠玉詞》〈清商怨〉中有此句,其調即詞之〈清商怨〉)、〈念奴嬌〉、〈青杏兒〉(宋詞作〈青杏子〉)、〈還京樂〉、〈百字令〉(以上大石)
- 〈點絳脣〉、〈天下樂〉、〈鵲踏枝〉、〈金盞兒〉(詞作〈金盞子〉)、〈憶王孫〉、〈瑞鶴仙〉、〈後庭花〉、〈太常引〉、〈柳外樓〉(即〈憶王孫〉)(以上仙呂)
- 〈粉蝶兒〉、〈醉春風〉、〈醉高歌〉、〈上小樓〉、〈滿庭芳〉、〈剔銀燈〉、〈柳青娘〉、〈朝天子〉(以上中呂)
- 〈烏夜啼〉、〈感皇恩〉、〈賀新郎〉(以上南呂)
- 〈駐馬聽〉、〈夜行船〉、〈月上海棠〉、〈風入松〉、〈萬花方

三臺〉、〈滴滴金〉、〈太清歌〉、〈搗練子〉、〈快活年〉(宋詞作〈快活年近拍〉)、〈豆葉黃〉、〈川撥棹〉(宋詞作〈撥棹子〉)、〈金盞兒〉、〈也不羅〉(原注即〈野落索〉。案其調即宋詞之〈一落索〉也)、〈行香子〉、〈碧玉簫〉、〈驟雨打新荷〉、〈減字木蘭花〉、〈青玉案〉、〈魚遊春水〉(以上雙調)

- 〈金蕉葉〉、〈小桃紅〉、〈三臺印〉、〈耍三臺〉、〈梅花引〉、〈看花回〉、〈南鄉子〉、〈糖多令〉(以上越調)
- 〈集賢賓〉、〈逍遙樂〉、〈望遠行〉、〈玉抱肚〉、〈秦樓月〉(以上商調)
- 〈黃鶯兒〉、〈踏莎行〉、〈垂絲釣〉、〈應天長〉(以上商角調)
- 〈哨遍〉、〈瑤臺月〉(以上般涉調)

其出於諸宮調中各曲者，二十有八：

- 〈出隊子〉、〈刮地風〉、〈寨兒令〉、〈神仗兒〉、〈四門子〉、〈文如錦〉、〈啄木兒煞〉(以上黃鐘)
- 〈脫布衫〉(正宮)
- 〈茶蘼香〉、〈玉翼蟬煞〉(以上大石)
- 〈賞花時〉、〈勝葫蘆〉、〈混江龍〉(以上仙呂)
- 〈迎仙客〉、〈石榴花〉、〈鶻打兔〉、〈喬捉蛇〉(以上中呂)

## 第八章　元雜劇之淵源

- 〈一枝花〉、〈牧羊關〉(以上南呂)
- 〈攪箏琶〉、〈慶宣和〉(以上雙調)
- 〈鬥鵪鶉〉、〈青山口〉、〈憑欄人〉、〈雪裡梅〉(以上越調)
- 〈耍孩兒〉、〈牆頭花〉、〈急曲子〉、〈麻婆子〉(以上般涉調)

然則此三百三十五章,出於古曲者一百有十,殆當全數之三分之一。雖其詞字句之數,或與古詞不同,當由時代遷移之故;其淵源所自,要不可誣也。此外曲名,尚有雖不見於古詞曲,而可確知其非創造者如下:

〈六國朝〉(大石)曾敏行《獨醒雜誌》(卷五):「先君嘗言宣和末客京師,街巷鄙人,多歌蕃曲,名曰〈異國朝〉、〈四國朝〉、〈六國朝〉、〈蠻牌序〉、〈蓬蓬花〉等。其言至俚,一時士大夫亦皆歌之。」則汴宋末已有此曲也。

〈憨郭郎〉(大石)《樂府雜錄・傀儡子》條云:「其引歌舞有郭郎者,髮正禿,善優笑,閭里呼為郭郎,凡戲場必在俳兒之首也。」《後山詩話》載楊大年《傀儡詩》:「鮑老當筵笑郭郎」,則宋時尚有之,其曲當出宋代也。

〈叫聲〉(中呂)《事物紀原》(卷九)《吟叫》條:「嘉祐末,仁宗上仙」,「四海遏密,故市井初有叫果子之戲。其本蓋自至和嘉祐之間叫〈紫蘇丸〉,洎樂工杜人經『十叫子』始也。京師凡賣一物,必有聲韻,其吟哦俱不同;故市人採其聲調,間以

詞章，以為戲樂也。今盛行於世，又謂之吟哦也。」《夢梁錄》（卷二十）：「今街市與宅院，往往效京師叫聲，以市井諸色歌叫賣合之聲，採合宮商，成其詞也。」

〈快活三〉（中呂）《東京夢華錄》（卷七）：關撲「有名者，任大頭、快活三之類。」《武林舊事》（卷二）「舞隊」有《快活三郎》、《快活三娘》二種，蓋亦宋時語也。

〈鮑老兒〉、〈古鮑老〉（中呂）楊文公詩：「鮑老當筵笑郭郎。」《武林舊事》（卷二）「舞隊」中有《大小斫刀鮑老》、《交袞鮑老》，則亦宋時語也。

〈四邊靜〉（中呂）《雲麓漫鈔》（卷四）：「巾之制，有圓頂、方頂、磚頂、琴頂，秦伯陽又以磚頂服去頂上之重紗，謂之四邊淨。」則此亦宋時語也。

〈喬捉蛇〉（中呂）《武林舊事》（卷二）「舞隊」中有《喬捉蛇》，金人院本名目中，亦有《喬捉蛇》一本。

〈撥不斷〉（仙呂）《武林舊事》（卷六）「唱〈撥不斷〉」有張鬍子、黃三二人，則亦宋時舊曲也。

〈太平令〉（仙呂）《夢梁錄》（卷二十）：「紹興年間，有張五牛大夫，因聽動鼓板中有〈太平令〉或賺鼓板」，「遂撰為賺」。則亦宋時舊曲也。

此上十章，雖不見於現存宋詞中，然可證其為宋代舊曲，

## 第八章 元雜劇之淵源

或為宋時習用之語,則其有所本,蓋無可疑。由此推之,則其他二百十餘章,其為宋金舊曲者,當復不鮮,特無由證明之耳。

雖元劇諸曲配置之法,亦非盡由創造。《夢粱錄》謂宋之纏達,引子後只有兩腔,迎互循環。今於元劇仙呂宮、正宮中曲,實有用此體例者。今舉其例:如馬致遠《陳摶高臥》劇第一折,(仙呂)第五曲後,實以〈後庭花〉、〈金盞兒〉二曲迎互循環。今舉其全折之曲名:

《仙呂・點絳唇》、〈混江龍〉、〈油葫蘆〉、〈天下樂〉、〈醉中天〉、〈後庭花〉、〈金盞兒〉、〈後庭花〉、〈金盞兒〉、〈醉中天〉、〈金盞兒〉、〈賺煞〉。

鄭廷玉《看錢奴買冤家債主》第二折,則其例更明:

《正宮・端正好》、〈滾繡球〉、〈倘秀才〉、〈滾繡球〉、〈倘秀才〉、〈滾繡球〉、〈倘秀才〉、〈滾繡球〉、〈倘秀才〉、〈塞鴻秋〉、〈隨煞〉。

此中〈端正好〉一曲,當宋纏達中之引子,而以〈滾繡球〉、〈倘秀才〉二曲循環迎互,至於四次,〈隨煞〉則當纏達之尾聲,唯其上多〈塞鴻秋〉一曲。《陳摶高臥》劇之第四折亦然。其全折之曲名如下:

《正宮・端正好》、〈滾繡球〉、〈倘秀才〉、〈滾繡球〉、〈倘

秀才〉、〈叨叨令〉、〈倘秀才〉、〈滾繡球〉、〈倘秀才〉、〈滾繡球〉、〈倘秀才〉、〈三煞〉、〈二煞〉、〈煞尾〉。

元刊無名氏《張千替殺妻》雜劇第二折亦同：

〈端正好〉、〈滾繡球〉、〈倘秀才〉、〈滾繡球〉、〈倘秀才〉、〈滾繡球〉、〈倘秀才〉、〈滾繡球〉、〈叨叨令〉、〈尾聲〉。

此亦皆以〈滾繡球〉、〈倘秀才〉二曲相循環，中唯雜以〈叨叨令〉一曲。他劇正宮曲中之相循環者，亦皆用此二曲，故《中原音韻》於此二曲下皆注「子母調」。此種自宋代纏達出，毫無可疑。可知元劇之構造，實多取諸舊有之形式也。

且不獨元劇之形式為然，即就其材質言之，其取諸古劇者不少。茲列表以明之：

| 元雜劇 || 宋官本雜劇 | 金院本名目 | 其他 |
| --- | --- | --- | --- | --- |
| 作者 | 劇名 | | | |
| 關漢卿 | 姑蘇臺范蠡進西施 | | 范蠡 | 董穎薄媚大曲 |
| 同 | 包待制三勘蝴蝶夢 | | 蝴蝶夢 | |
| 同 | 隋煬帝牽龍舟 | | 牽龍舟 | |
| 同 | 劉盼盼鬧衡州 | | 劉盼盼 | |
| 高文秀 | 劉先主襄陽會 | | 襄陽會 | |

## 第八章　元雜劇之淵源

| 元雜劇 ||宋官本雜劇|金院本名目|其他|
|---|---|---|---|---|
|作者|劇名||||
|白樸|鴛鴦簡牆頭馬上（一作裴少俊牆頭馬上）|裴少俊伊州|鴛鴦簡牆頭馬||
|同|崔護謁漿|崔護六麼<br>崔護逍遙樂|||
|庾天錫|隋煬帝風月錦帆舟||牽龍舟||
|同|薛昭誤入蘭昌宮||蘭昌宮||
|同|封陟先生罵上元|封陟中和樂|||
|李文蔚|蔡逍遙醉寫石州慢||蔡逍遙||
|李直夫|尾生期女渰藍橋||渰藍橋||
|吳昌齡|唐三藏西天取經||唐三藏||
|同|張天師斷風花雪月|風花雪月爨|風花雪月||
|王實父|韓彩雲絲竹芙蓉亭||芙蓉亭||
|同|崔鶯鶯待月西廂記|鶯鶯六麼||董解元西廂諸宮調|
|李壽卿|船子和尚秋蓮夢||船子和尚四不犯||

| 元雜劇 | | 宋官本雜劇 | 金院本名目 | 其他 |
|---|---|---|---|---|
| 作者 | 劇名 | | | |
| 尚仲賢 | 海神廟王魁負桂英 | 王魁三鄉題 | | 宋末有王魁戲文 |
| 同 | 鳳皇坡越娘背燈 | 越娘道人歡 | | |
| 同 | 洞庭湖柳毅傳書 | 柳毅大聖樂 | | |
| 同 | 崔護謁漿 | （見前） | | |
| 同 | 張生煮海 | | 張生煮海 | |
| 史九敬先 | 花間四友莊周夢 | | 莊周夢 | |
| 鄭光祖 | 崔懷寶月夜聞箏 | | 月夜聞箏 | |
| 范康 | 曲江池杜甫遊春 | | 杜甫遊春 | |
| 沈和 | 徐駙馬樂昌分鏡記 | | | 南宋有樂昌分鏡戲文 |
| 周文質 | 孫武子教女兵 | | | 宋舞隊有孫武子教女兵 |
| 趙善慶 | 孫武子教女兵 | | | 同上 |
| 無名氏 | 朱砂擔滴水浮漚記 | 浮漚傳永成雙<br>浮漚暮雲歸 | | |

101

## 第八章　元雜劇之淵源

| 元雜劇 ||宋官本雜劇|金院本名目|其他|
|---|---|---|---|---|
| 作者 | 劇名 | | | |
| 同 | 逞風流王煥百花亭 | | | 宋末有王煥戲文 |
| 同 | 雙鬥醫 | | 雙鬥醫 | |
| 同 | 十樣錦諸葛論功 | | 十樣錦 | |

　　今元劇目錄之見於《錄鬼簿》、《太和正音譜》者，共五百餘種。而其與古劇名相同，或出於古劇者，共三十二種。且古劇之目，存亡恐亦相半，則其相同者，想尚不止於此也。

　　由元劇之形式材料兩面研究之，可知元劇雖有特色，而非盡出於創造；由是其創作之時代，亦可得而略定焉。

# 第九章
## 元劇之時地

## 第九章　元劇之時地

元雜劇之體,創自何人,不見於紀載。鍾嗣成《錄鬼簿》所著錄,以關漢卿為首。寧獻王《太和正音譜》以馬致遠為首。然《正音譜》之評曲也,於關漢卿則云:「觀其詞語,乃可上可下之才;蓋所以取者,初為雜劇之始,故卓以前列。」蓋《正音譜》之次第,以詞之甲乙論,而非以時代之先後。其以漢卿為雜劇之始,固與《錄鬼簿》同也。漢卿時代,頗多異說。楊鐵崖《元宮詞》云:「開國遺音樂府傳,白翎飛上十三弦,大金優諫關卿在,《伊尹扶湯》進劇編。」此關卿當指漢卿而言。雖《錄鬼簿》所錄漢卿雜劇六十本中,無《伊尹扶湯》,而鄭光祖所作雜劇目中有之。然馬致遠《漢宮秋》雜劇中有云:「不說它《伊尹扶湯》,則說那《武王伐紂》。」案《武王伐紂》乃趙文殷所作雜劇,則《伊尹扶湯》亦必為雜劇之名。馬致遠時代,在漢卿之後,鄭光祖之前,則其所云《伊尹扶湯》劇,自當為關氏之作,而非鄭氏之作。其不見於《錄鬼簿》者,亦猶其所作《竇娥冤》、《續西廂》等,亦未為鍾氏所著錄也。楊詩云云,正指漢卿,則漢卿固逮事金源矣。《錄鬼簿》云:「漢卿,大都人,太醫院尹。」明蔣仲舒《堯山堂外紀》(卷六十八)則云:「金末為太醫院尹,金亡不仕。」則不知所據。據《輟耕錄》(卷二十三)則漢卿至中統初尚存。案自金亡至元中統元年,凡二十六年。果使金亡不仕,則似無於元代進雜劇之理。寧視漢卿生於金代,仕元,為太醫院尹,為稍當也。又《鬼董》五卷

末，有元泰定丙寅臨安錢孚跋，云「關解元之所傳」，後人皆以解元為即漢卿。《堯山堂外紀》遂誤以此書為漢卿所作。錢氏《元史藝文志》仍之。案解元之稱，始於唐；而其見於正史也，始於《金史‧選舉志》。金人亦喜稱人為解元，如董解元是已。則漢卿得解，自當在金末。若元則唯太宗九年（金亡後三年）秋八月一行科舉，後廢而不舉者七十八年。至仁宗延祐元年八月，始復以科目取士，遂為定制。故漢卿得解，即非在金世，亦必在蒙古太宗九年。至世祖中統之初，固已垂老矣。雜劇苟為漢卿所創，則其創作之時，必在金天興與元中統間二三十年之中，此可略得而推測者也。

　　《正音譜》雖云漢卿為雜劇之始，然漢卿同時，雜劇家業已輩出，此未必由新體流行之速，抑由元劇之創作諸家亦各有所盡力也。據《錄鬼簿》所載，於楊顯之則云「與漢卿莫逆交，凡有珠玉，與公較之」；於費君祥則云「與漢卿交，有《愛女論》行於世」；於梁進之則云「與漢卿世交」。又如紅字李二、花李郎二人，皆注教坊劉耍和婿。按《輟耕錄》所載院本名目，前章既定為金人之作，而云教坊魏、武、劉三人鼎新編輯，劉疑即劉耍和。金李治敬齋《古今黈》（卷一）云：「近者伶官劉子才，蓄才人隱語數十卷。」疑亦此人，則其人自當在金末，而其婿之時代，當與漢卿不甚相遠也。他如石子章，則《元遺山詩集》（卷九）有答石子璋兼送其行七律一首；李庭《寓庵集》（卷

## 第九章　元劇之時地

二) 亦有送石子章北上七律一首。按寓庵生於金承安三年，卒於元至元十三年，其年代與遺山略同。如雜劇家之石子章，即遺山、寓庵集中之人，則亦當與漢卿同時矣。

此外與漢卿同時者，尚有王實父。《西廂記》五劇，《錄鬼簿》屬之實父。後世或謂王作，而關續之 (都穆《南濠詩話》，王世貞《藝苑卮言》)；或謂關作，而王續之者 (《雍熙樂府》卷十九，載無名氏《西廂十詠》)。然元人一劇，如《黃粱夢》、《驪騮裘》等，恆以數人合作，況五劇之多乎？且合作者，皆同時人，自不能以作者與續者定時代之先後也。則實父生年，固不後於漢卿。又漢卿有《閨怨佳人拜月亭》一劇，實甫亦有《才子佳人拜月亭》劇，其所譜者乃金南遷時事，事在宣宗貞祐之初，距金亡二十年。或二人均及見此事，故各有此本歟。

此外元初雜劇家，其時代確可考者，則有白仁甫樸。據元王博文《天籟集序》謂：「仁甫年甫七歲，遭壬辰之難。」又謂：「中統初，開府史公，將以所業薦之於朝。」按壬辰為金哀宗天興元年，時仁甫年七歲，則至中統元年庚辰，年正三十五歲，故於至元一統後，尚遊金陵。蓋視漢卿為後輩矣。

由是觀之，則元劇創造之時代，可得而略定矣。至有元一代之雜劇，可分為三期：一、蒙古時代：此自太宗取中原以後，至至元一統之初。《錄鬼簿》卷上所錄之作者五十七人，大

都在此期中。(中如馬致遠、尚仲賢、戴善甫，均為江浙行省務官，姚守中為平江路吏，李文蔚為江州路瑞昌縣尹，趙天錫為鎮江府判，張壽卿為浙江省掾史，皆在至元一統之後。侯正卿亦曾遊杭州，然《錄鬼簿》均謂之前輩名公才人，與漢卿無別，或其遊宦江浙，為晚年之事矣。)其人皆北方人也。二、一統時代：則自至元後至至順後至元間，《錄鬼簿》所謂「已亡名公才人，與余相知或不相知者」是也。其人則南方為多，否則北人而僑寓南方者也。三、至正時代：《錄鬼簿》所謂「方今才人」是也。此三期，以第一期之作者為最盛，其著作存者亦多，元劇之傑作大抵出於此期中。至第二期，則除宮天挺、鄭光祖、喬吉三家外，殆無足觀，而其劇存者亦罕。第三期則存者更罕，僅有秦簡夫、蕭德祥、朱凱、王曄五劇，其去蒙古時代之劇遠矣。

就諸家之時代，今取其有雜劇存於今者，著之。

## 第一期

關漢卿　楊顯之　張國寶(一作國賓)　石子章　王實父　高文秀　鄭廷玉　白樸　馬致遠　李文蔚　李直夫　吳昌齡　武漢臣　王仲文　李壽卿　尚仲賢　石君寶　紀君祥　戴善甫　李好古　孟漢卿　李行道　孫仲章　岳伯川　康進之　孔文卿　張壽卿

## 第九章　元劇之時地

### 第二期

楊梓　宮天挺　鄭光祖　范康　金仁傑　曾瑞　喬吉

### 第三期

秦簡夫　蕭德祥　朱凱　王曄

此外如王子一、劉東生、谷子敬、賈仲名、楊文奎、楊景言、湯式，其名均不見《錄鬼簿》。《元曲選》於谷子敬、賈仲名諸劇，皆云元人，《太和正音譜》則直以為明人。案王劉諸人不見他書；唯賈仲名則元人有同姓名者。《元史‧賈居貞傳》：「居貞字仲明，真定獲鹿人，官至江西行省參知政事。卒於至元十七年，年六十三。」則尚為元初人，似非作曲之賈仲名。且《正音譜》寧獻王所作，紀其同時之人，當無大謬。又谷賈二人之曲，雖氣骨頗高，而傷於綺麗，頗於元曲不類；則視為明初人，當無大誤也。

更就雜劇家之里居研究之，則如下表。

| 大都 | 中書省所屬 | 河南江北等處行中書省所屬 | 江浙等處行中書省所屬 |
| --- | --- | --- | --- |
| 關漢卿 | 李好古　保定　陳無妄　東平 | 趙天錫　汴梁 | 金仁傑　杭州 |

| 大都 | 中書省所屬 | 河南江北等處行中書省所屬 | 江浙等處行中書省所屬 |
|---|---|---|---|
| 王實甫 | 彭伯威　同　王廷秀　益都 |  | 范康　同 |
| 庾天錫 | 白樸　真定　武漢臣　濟南 | 陸顯之　汴梁 | 沈和 |
| 馬致遠 | 李文蔚　同　岳伯川　同 | 鐘嗣成　汴梁 | 鮑天祐　同 |
| 王仲文 | 尚仲賢　同　康進之　棣州 | 姚守中　洛陽 | 陳以仁　同 |
| 楊顯之 | 戴善甫　同　吳昌齡　西京 | 孟漢卿　亳州 | 范居中　同 |
|  | 李壽卿　太原 |  |  |
| 紀君祥 | 侯正卿　同　劉唐卿　同 | 張鳴善　揚州 | 施惠　同 |
| 費君祥 | 史九敬先　同　喬吉甫　西京 | 孫子羽　同 | 黃天澤　同 |
| 費唐臣 | 江澤民　同　石君寶　平陽 |  | 沈拱　同 |
| 張國寶 | 鄭廷玉　彰德　于伯淵　同 |  | 周文質　同 |
| 石子章 | 趙公輔　同 |  | 蕭德祥　同 |
| 李寬甫 | 趙文殷　同　狄君厚　同 |  | 陸登善　同 |

## 第九章　元劇之時地

| 大都 | 中書省所屬 | 河南江北等處行中書省所屬 | 江浙等處行中書省所屬 |
|---|---|---|---|
| 梁進之 | 陳寧甫　大名　孔文卿　同 | | 王曄　同 |
| 孫仲章 | 李進取　同　鄭光祖　同 | | 王仲元　同 |
| 趙明道 | 宮天挺　同　李行甫　同 | | 楊梓　嘉興 |
| 李子中 | 高文秀　東平 | | |
| 李時中 | 張時起　同 | | |
| 曾瑞 | 顧仲清　同 | | |
| | 張壽卿　同 | | |
| 王伯成 涿州 | 趙良弼　同 | | |

　　由上表觀之，則六十二人中，北人四十九，而南人十三。而北人之中，中書省所屬之地，即今直隸、山東西產者，又得四十六人。而其中大都產者，十九人；且此四十六人中，其十分之九，為第一期之雜劇家，則雜劇之淵源地，自不難推測也。又北人之中，大都之外，以平陽為最多。其數當大都之五分之二。按《元史·太宗紀》：「太宗二七年，耶律楚材請立編修所於燕京，經籍所於平陽，編集經史，至世祖至元二年，始徙平陽經籍所於京師。」則元初除大都外，此為文化最盛之

地，宜雜劇家之多也。至中葉以後，則劇家悉為杭州人。中如宮天挺、鄭光祖、曾瑞、喬吉、秦簡夫、鍾嗣成等，雖為北籍，亦均久居浙江。蓋雜劇之根本地，已移而至南方，豈非以南宋舊都，文化頗盛之故歟。

　　元初名臣中有作小令套數者，唯雜劇之作者，大抵布衣，否則為省掾令史之屬。蒙古色目人中，亦有作小令套數者，而作雜劇者，則唯漢人（其中唯李直夫為女真人）。蓋自金末重吏，自掾史出身者，其任用反優於科目。至蒙古滅金，而科目之廢，垂八十年，為自有科目來未有之事。故文章之士，非刀筆吏無以進身；則雜劇家之多為掾史，固自不足怪也。沈德符《萬曆野獲編》（卷二十五）及臧懋循《元曲選序》均謂蒙古時代，曾以詞曲取士，其說固誕妄不足道。餘則謂元初之廢科目，卻為雜劇發達之因。蓋自唐宋以來，士之競於科目者，已非一朝一夕之事，一旦廢之，彼其才力無所用，而一於詞曲發之。且金時科目之學，最為淺陋（觀劉祁《歸潛志》卷七、八、九數卷可知）。此種人士，一旦失所業，固不能為學術上之事，而高文典冊，又非其所素習也。適雜劇之新體出，遂多從事於此；而又有一二天才出於其間，充其才力，而元劇之作，遂為千古獨絕之文字。然則由雜劇家之時代爵里，以推元劇創造之時代，及其發達之原因，如上所推論，固非想像之說也。

### 第九章　元劇之時地

　　附考：案金以律賦策論取士。逮金亡後，科目雖廢，民間猶有為此學者。如王博文《白仁甫天籟集序》謂：「律賦為專門之學，而太素有能聲（太素，仁甫字），號後進之翹楚。」案仁甫金亡時不及十歲，則其作律賦，必在科目已廢之後。當時人士之熱中科目如此。又元代士人不平之氣，讀宮天挺《范張雞黍》劇第一、二折，可見一斑也。

# 第十章
# 元劇之存亡

## 第十章　元劇之存亡

元人所作雜劇,共若干種,今不可考。明李開先作《張小山樂府序》云:「洪武初年,親王之國,必以詞曲千七百本賜之。」然寧獻王權亦當時親王之一,其所作《太和正音譜》卷首,著錄元人雜劇,僅五百三十五本,加以明初人所作,亦僅五百六十六本。則李氏之言或過矣。元鍾嗣成《錄鬼簿序》,作於至順元年,而書中紀事,訖於至正五年。其所著錄者,亦僅四百五十八本。雖此二書所未著錄而見於他書,或尚傳於今者,亦尚有之;然現今傳本出於二書外者,不及百分之五,則李氏所云千七百本,或兼小令套數言之。而其中雜劇,至多當亦不出千種;又其煊赫有名者,大都盡於二書所錄,良可信也。至明隆萬間而流傳漸少,長興臧懋循之刻《元曲選》也,從黃州劉延伯借元人雜劇二百五十種。然其所刻百種內,已有明初人作六種(《兒女團圓》、《金安壽》、《城南柳》、《誤入桃源》、《對玉梳》、《蕭淑蘭》),則二百五十種中,亦非盡元人作矣。與臧氏同時刊行雜劇者,有無名氏之《元人雜劇選》,海寧陳與郊之《古名家雜劇》,而金陵唐氏世德堂亦有彙刊之本。唐氏所刊,僅見殘本三種:一為明王九思作,餘二種皆《元曲選》所已刊。至《元人雜劇選》與《古名家雜劇》二書,至為罕覯,存佚已不可知。第就其目觀之,則《元人雜劇選》之出《元曲選》外者,僅馬致遠《踏雪尋梅》、羅貫中《龍虎風雲會》、無名氏《九世同居》、《苻金錠》四種耳。《古名家雜劇》正續

二集,雖多至六十種,然並刻明人之作,內同於《元曲選》者三十九種,同於《元人雜劇選》者一種;此外則除明周憲王、徐文長、汪南溟,各四種外,所餘唯八種,且為元為明尚不可知。可知隆萬間人所見元曲,當以臧氏為富矣。姚士粦《見只編》謂:「湯海若先生妙於音律,酷嗜元人院本。自言篋中所藏,多世不常有,已至千種。」朱竹垞《靜志居詩話》謂:「山陰祁氏淡生堂所藏元明傳奇,多至八百餘部。」湯氏自言未免過於誇大。若祁氏所藏,有明人作在內,則其中元劇,當亦不過二三百種。何元朗《四友齋叢說》(卷三十七)謂其家所藏雜劇本,幾三百種,則當時元劇存者,其數略可知矣。唯錢遵王也是園藏曲,則目錄具存。其中確為元人作者一百四十一種,而注元明間人及古今無名氏雜劇者,凡二百有二種,共三百四十三種。其後錢書歸泰興季氏,《季滄葦書目》載鈔本元曲三百種一百本,當即此書。則季氏之元曲三百種,當亦含明人作在內也。自是以後,藏書家罕注意元劇。唯黃氏丕烈於題跋中時時誇其所藏詞曲之富,而其所跋元曲,僅《太平樂府》數種。向頗疑其誇大,然其所藏《元刊雜劇三十種》,今藏乃顯於世。此書木函上,刊黃氏手書題字,有云「《元刻古今雜劇乙編》。士禮居藏。」不知當時共有幾編。而其前尚有甲編,則固無疑。如甲編種數,與乙編同,則其所藏元刊雜劇,當有六十種,可謂最大之祕笈矣。今甲編存佚不可知,但就其乙編

# 第十章　元劇之存亡

言之,則三十種中為《元曲選》所無者,已有十七種。合以《元曲選》中真元劇九十四種,與《西廂》五劇,則今日確存之元劇,而為吾輩所能見者,實得一百十六種。今從《錄鬼簿》之次序,並補其所未載者,敘錄之如下:

關漢卿十三本(凡元刊本均不著作者姓名,並識。)

- 《關張雙赴西蜀夢》(元刊本。《錄鬼簿》、《太和正音譜》並著錄。《正音譜》作《雙赴夢》。)
- 《閨怨佳人拜月亭》(元刊本。《錄鬼簿》、《正音譜》、《也是園書目》並著錄。亭《錄鬼簿》作庭。錢目作《王瑞蘭私禱拜月亭》。)
- 《錢大尹智寵謝天香》(《元曲選》甲集下。《錄鬼簿》、《正音譜》、《也是園書目》並著錄。)
- 《杜蕊娘智賞金線池》(《元曲選》辛集上。《錄鬼簿》、《正音譜》、《也是園書目》著錄。)
- 《望江亭中秋切鱠旦》(《元曲選》癸集上。《錄鬼簿》、《正音譜》、《也是園書目》著錄。)
- 《趙盼兒風月救風塵》(《元曲選》乙集上。《錄鬼簿》、《正音譜》、《也是園書目》著錄。《錄鬼簿》作《煙月舊風塵》。)

- 《關大王單刀會》(元刊本。《錄鬼簿》、《正音譜》、《也是園書目》著錄。)
- 《溫太真玉鏡臺》(《元曲選》甲集下。《錄鬼簿》、《正音譜》、《也是園書目》著錄。)
- 《詐妮子調風月》(元刊本。《錄鬼簿》、《正音譜》著錄。)
- 《包待制三勘蝴蝶夢》(《元曲選》丁集下。《正音譜》、《也是園書目》著錄。)
- 《感天動地竇娥冤》(《元曲選》壬集下。《正音譜》、《也是園書目》著錄。)
- 《包待制智斬魯齋郎》(《元曲選》戊集下。《也是園書目》著錄,作元無名氏。《元曲選》題元大都關漢卿撰。)
- 《崔鶯鶯待月西廂記》第五劇(明歸安凌氏覆周定王刊本。近貴池劉氏覆凌本。他本皆改易體例,不足信據。《南濠詩話》、《藝苑卮言》,皆以第五劇為漢卿作,是也。)

高文秀三本:

- 《黑旋風雙獻功》(《元曲選》丁集下。《錄鬼簿》、《正音譜》著錄。《錄鬼簿》作《黑旋風雙獻頭》。)
- 《須賈誶范叔》(《元曲選》庚集下。《錄鬼簿》、《正音譜》、《也是園書目》著錄。《錄鬼簿》作《須賈誶范雎》。)

117

## 第十章　元劇之存亡

- 《好酒趙元遇上皇》（元刊本。《錄鬼簿》、《正音譜》、《也是園書目》著錄。）

鄭廷玉五本：

- 《楚昭王疏者下船》（元刊本。《元曲選》乙集下。《錄鬼簿》、《正音譜》、《也是園書目》著錄。）
- 《包待制智勘後庭花》（《元曲選》己集上。《錄鬼簿》、《正音譜》、《也是園書目》著錄。）
- 《布袋和尚忍字記》（《元曲選》庚集上。《錄鬼簿》、《正音譜》、《也是園書目》著錄。）
- 《看錢奴買冤家債主》（元刊本。《元曲選》癸集上。《錄鬼簿》、《正音譜》、《也是園書目》著錄。）
- 《崔府君斷冤家債主》（《元曲選》庚集上。《也是園書目》著錄，作元鄭廷玉撰。《元曲選》題元無名氏撰。）

白樸二本：

- 《唐明皇秋夜梧桐雨》（《元曲選》丙集上。《錄鬼簿》、《正音譜》、《也是園書目》著錄。）
- 《裴少俊牆頭馬上》（《元曲選》乙集下。《錄鬼簿》、《正音譜》、《也是園書目》著錄。《錄鬼簿》作《鴛鴦簡牆頭馬上》。）

馬致遠六本：

- 《江州司馬青衫淚》(《元曲選》己集上。《錄鬼簿》、《正音譜》、《也是園書目》著錄。)
- 《呂洞賓三醉岳陽樓》(《元曲選》丁集下。《錄鬼簿》、《正音譜》、《也是園書目》著錄。)
- 《太華山陳摶高臥》(元刊本。《元曲選》戊集上。《錄鬼簿》、《正音譜》、《也是園書目》著錄。)
- 《破幽夢孤雁漢宮秋》(《元曲選》甲集上。《錄鬼簿》、《正音譜》、《也是園書目》著錄。《錄鬼簿》無「破幽夢」三字。)
- 《半夜雷轟薦福碑》(《元曲選》丁集上。《正音譜》、《也是園書目》著錄。)
- 《馬丹陽三度任風子》(元刊本。《元曲選》癸集下。《正音譜》、《也是園書目》著錄。)

李文蔚一本：

- 《同樂院燕青博魚》(《元曲選》乙集上。《錄鬼簿》、《正音譜》、《也是園書目》著錄。《錄鬼簿》作《報冤臺燕青撲魚》。)

119

## 第十章　元劇之存亡

李直夫一本：

- 《便宜行事虎頭牌》(《元曲選》丙集上。《錄鬼簿》、《正音譜》、《也是園書目》著錄。《錄鬼簿》作《武元皇帝虎頭牌》。)

吳昌齡二本：

- 《張天師斷風花雪月》(《元曲選》乙集上。《錄鬼簿》、《正音譜》著錄。《錄鬼簿》作《張天師夜斷辰鉤月》，《正音譜》作《辰鉤月》。)
- 《花間四友東坡夢》(《元曲選》辛集上。《正音譜》、《也是園書目》著錄。)

王實甫二本：

- 《崔鶯鶯待月西廂記》(明歸安凌氏覆周定王刊本。近覆凌本。《錄鬼簿》、《正音譜》、《也是園書目》著錄。)
- 《四丞相歌舞麗春堂》(《元曲選》己集上。《錄鬼簿》、《正音譜》、《也是園書目》著錄。《錄鬼簿》「四丞相」作「四大王」。)

武漢臣三本：

- 《散家財天賜老生兒》(元刊本。《元曲選》丙集上。《錄鬼簿》、《正音譜》、《也是園書目》著錄。)

- 《李素蘭風月玉壺春》(《元曲選》丙集下。《也是園書目》著錄，作元無名氏；《元曲選》題武漢臣撰。)
- 《包待制智勘生金閣》(《元曲選》癸集下。《也是園書目》著錄，作元無名氏；《元曲選》題武漢臣撰。)

王仲文一本：

- 《救孝子烈母不認屍》(《元曲選》戊集上。《錄鬼簿》、《正音譜》著錄。)

李壽卿二本：

- 《說專諸伍員吹簫》(《元曲選》丁集下。《錄鬼簿》、《正音譜》、《也是園書目》著錄。)
- 《月明和尚度柳翠》(《元曲選》辛集下。《錄鬼簿》、《正音譜》、《也是園書目》著錄。《錄鬼簿》作《月明三度臨歧柳》。)

尚仲賢四本：

- 《洞庭湖柳毅傳書》(《元曲選》癸集上。《錄鬼簿》、《正音譜》、《也是園書目》著錄。)
- 《尉遲公三奪槊》(元刊本。《錄鬼簿》、《正音譜》著錄。)
- 《漢高祖濯足氣英布》(元刊本。《元曲選》辛集上。《錄鬼簿》、《正音譜》、《也是園書目》著錄。《元曲選》不著誰作。)

# 第十章　元劇之存亡

- 《尉遲公單鞭奪槊》(《元曲選》庚集下。《也是園書目》著錄。)

石君寶三本：

- 《魯大夫秋胡戲妻》(《元曲選》丁集上。《錄鬼簿》、《正音譜》、《也是園書目》著錄。)
- 《李亞仙詩酒麴江池》(《元曲選》乙集下。《錄鬼簿》、《正音譜》著錄。)
- 《諸宮調風月紫雲庭》(元刊本。《錄鬼簿》、《正音譜》著錄。《錄鬼簿》「庭」作「亭」，又戴善甫亦有《宮調風月紫雲亭》，此不知石作或戴作也。)

楊顯之二本：

- 《臨江驛瀟湘夜雨》(《元曲選》乙集上。《錄鬼簿》、《正音譜》、《也是園書目》著錄。)
- 《鄭孔目風雪酷寒亭》(《元曲選》己集下。《錄鬼簿》、《正音譜》、《也是園書目》著錄。鄭孔目《錄鬼簿》作蕭縣君。)

紀君祥一本：

- 《趙氏孤兒冤報冤》(元刊本。《元曲選》壬集上。《錄鬼簿》、《正音譜》、《也是園書目》著錄。冤報冤錢目作大報仇。)

戴善甫一本：

- 《陶學士醉寫風光好》(《元曲選》丁集上。《錄鬼簿》、《正音譜》、《也是園書目》著錄。陶學士《錄鬼簿》作陶秀實。)

李好古一本：

- 《沙門島張生煮海》(《元曲選》癸集下。《錄鬼簿》、《正音譜》、《也是園書目》著錄。《錄鬼簿》無「沙門島」三字。)

張國賓三本：

- 《公孫汗衫記》(元刊本。《元曲選》甲集下。《錄鬼簿》、《正音譜》著錄；《錄鬼簿》公字上有「相國寺」三字。《元曲選》作《相國寺公孫合汗衫》。)

- 《薛仁貴衣錦還鄉》(元刊本。《元曲選》乙集下。《錄鬼簿》、《正音譜》著錄。)

- 《羅李郎大鬧相國寺》(《元曲選》壬集下。《也是園書目》著錄，元無名氏；《元曲選》題元張國賓撰。)

石子章一本：

- 《秦脩然竹塢聽琴》(《元曲選》壬集上。《錄鬼簿》、《正音譜》、《也是園書目》著錄。)

## 第十章　元劇之存亡

孟漢卿一本：

- 《張鼎智勘魔合羅》（元刊本。《元曲選》辛集下。《錄鬼簿》、《正音譜》、《也是園書目》著錄。錢目及《元曲選》作《張孔目智勘魔合羅》。）

李行道一本：

- 《包待制智勘灰闌記》（《元曲選》庚集上。《錄鬼簿》、《正音譜》著錄。）

王伯成一本：

- 《李太白貶夜郎》（元刊本。《錄鬼簿》、《正音譜》著錄。）

孫仲章一本：

- 《河南府張鼎勘頭巾》（《元曲選》丁集下。《也是園書目》著錄。《錄鬼簿》孫仲章下無此本，而陸登善下有之，《元曲選》題元孫仲章撰。）

康進之一本：

- 《梁山泊李逵負荊》（《元曲選》壬集下。《錄鬼簿》、《正音譜》著錄。《錄鬼簿》作《梁山泊黑旋風負荊》。）

岳伯川一本：

- 《岳孔目借鐵柺李還魂》（元刊本。《元曲選》丙集下。《錄鬼簿》、《正音譜》、《也是園書目》著錄。《錄鬼簿》、《元

曲選》作《呂洞賓度鐵枴李岳》。錢目作《鐵枴李借屍還魂》。）

狄君厚一本：

- 《晉文公火燒介子推》（元刊本。《錄鬼簿》、《正音譜》著錄。）

孔文卿一本：

- 《東窗事犯》（元刊本。《錄鬼簿》、《正音譜》、《也是園書目》著錄。《錄鬼簿》、錢目均作《秦太師東窗事犯》。案金仁傑亦有此本，未知孔作或金作也。）

張壽卿一本：

- 《謝金蓮詩酒紅梨花》（《元曲選》庚集上。《錄鬼簿》、《正音譜》、《也是園書目》著錄。）

馬致遠、李時中、花李郎、紅字李二合作一本：

- 《邯鄲道省悟黃粱夢》（《元曲選》戊集上。《錄鬼簿》、《正音譜》、《也是園書目》著錄。《錄鬼簿》、錢目作《開壇闡教黃粱夢》。）

宮天挺一本：

- 《死生交范張雞黍》（元刊本。《元曲選》己集上。《錄鬼簿》、《正音譜》、《也是園書目》著錄。）

鄭光祖四本：

- 《䎡梅香翰林風月》（《元曲選》庚集下。《錄鬼簿》、《正音譜》、《也是園書目》著錄。錢目作《䎡梅香騙翰林風月》。）
- 《周公輔成王攝政》（元刊本。《錄鬼簿》、《正音譜》著錄。）
- 《醉思鄉王粲登樓》（《元曲選》戊集下。《錄鬼簿》、《正音譜》、《也是園書目》著錄。）
- 《迷青瑣倩女離魂》（《元曲選》戊集上。《錄鬼簿》、《正音譜》、《也是園書目》著錄。）

金仁傑一本：

- 《蕭何追韓信》（元刊本。《錄鬼簿》、《正音譜》著錄。《錄鬼簿》作《蕭何月夜追韓信》）。

范康一本：

- 《陳季卿悟道竹葉舟》（元刊本。《元曲選》己集下。《錄鬼簿》、《正音譜》、《也是園書目》著錄。）

曾瑞一本：

- 《王月英元夜留鞋記》（《元曲選》辛集上。《錄鬼簿》、《正音譜》、《也是園書目》著錄。《錄鬼簿》作《佳人才子誤元宵》。）

喬吉甫三本：

- 《玉簫女兩世姻緣》（《元曲選》己集下。《錄鬼簿》、《正音譜》、《也是園書目》著錄。）
- 《杜牧之詩酒揚州夢》（《元曲選》戊集下。《錄鬼簿》、《正音譜》、《也是園書目》著錄。）
- 《李太白匹配金錢記》（《元曲選》甲集上。《錄鬼簿》、《正音譜》、《也是園書目》著錄。《錄鬼簿》作《唐明皇御斷金錢記》。）

秦簡夫二本：

- 《東堂老勸破家子弟》（《元曲選》乙集上。《錄鬼簿》、《正音譜》、《也是園書目》著錄。）
- 《宜秋山趙禮讓肥》（《元曲選》己集下。《錄鬼簿》、《正音譜》、《也是園書目》著錄。）

蕭德祥一本：

- 《王翛然斷殺狗勸夫》（《元曲選》甲集下。《錄鬼簿》、《也是園書目》著錄。錢目作無名氏撰。）

朱凱一本：

- 《昊天塔孟良盜骨殖》（《元曲選》甲集——下。《錄鬼簿》、《正音譜》著錄。《錄鬼簿》無「昊天塔」三字，《正音

## 第十章　元劇之存亡

譜》及《元曲選》作元無名氏撰。）

王曄一本：

- 《破陰陽八卦桃花女》（《元曲選》戊集下。《錄鬼簿》、《也是園書目》著錄。錢目作元無名氏撰。）

楊梓一本：

- 《霍光鬼諫》（元刊本。《正音譜》著錄，作元無名氏撰。今據姚桐壽《樂郊私語》定為楊梓撰。）

李致遠一本：

- 《都孔目風雨還牢末》（《元曲選》癸集上。《正音譜》、《也是園書目》著錄，均作元無名氏撰。《元曲選》題元李致遠撰。錢目作《小妻大婦還牢末》。）

楊景賢一本：

- 《馬丹陽度脫劉行首》（《元曲選》辛集上。《正音譜》、《也是園書目》均作無名氏撰。《元曲選》題元楊景賢撰，或與明初之楊景言為一人。）

無名氏二十七本：

- 《嚴子陵垂釣七里灘》（元刊本。各家均未著錄，唯《錄鬼簿》宮天挺條下有《嚴子陵釣魚臺》。此劇氣骨，亦與宮氏《范張雞黍》相似，疑或即此本。）

- 《諸葛亮博望燒屯》(元刊本。《正音譜》、《也是園書目》著錄。)
- 《張千替殺妻》(元刊本。《正音譜》著錄,作《張子替殺妻》。)
- 《小張屠焚兒救母》(元刊本。各家均未著錄。)
- 《陳州糶米》(《元曲選》甲集上。未著錄。)
- 《玉清庵錯送鴛鴦被》(《元曲選》甲集上。《也是園書目》著錄。)
- 《隨何賺風魔蒯通》(《元曲選》甲集上。未著錄。)
- 《爭報恩三虎下山》(《元曲選》甲集下。未著錄。)
- 《龐居士誤放來生債》(《元曲選》乙集下。未著錄。)
- 《硃砂擔滴水浮漚記》(《元曲選》丙集上。《正音譜》、《也是園書目》著錄。)
- 《包待制智賺合同文字》(《元曲選》丙集上。《也是園書目》著錄。)
- 《凍蘇秦衣錦還鄉》(《元曲選》丙集下。《正音譜》著錄,作《蘇秦還鄉》,又有《張儀凍蘇秦》一本。)
- 《小尉遲將鬥將認父歸朝》(《元曲選》丙集下。《也是園書目》著錄,《小尉遲將鬥將將鞭認父》。)

## 第十章　元劇之存亡

- 《神奴兒大鬧開封府》(《元曲選》丁集上。《正音譜》、《也是園書目》著錄。)
- 《謝金吾詐拆清風府》(《元曲選》丁集上。未著錄。)
- 《龐涓夜走馬陵道》(《元曲選》戊集上。《正音譜》、《也是園書目》著錄。)
- 《朱太守風雪漁樵記》(《元曲選》戊集下。《也是園書目》著錄。)
- 《孟德耀舉案齊眉》(《元曲選》己集上。《正音譜》、《也是園書目》著錄。)
- 《李雲英風送梧桐葉》(《元曲選》庚集下。《也是園書目》著錄。)
- 《兩軍師隔江鬥智》(《元曲選》辛集上。未著錄。)
- 《玎玎璫璫盆兒鬼》(《元曲選》辛集下。《正音譜》、《也是園書目》著錄。)
- 《逞風流王煥百花亭》(《元曲選》壬集上。《也是園書目》著錄。)
- 《錦雲堂暗定連環計》(《元曲選》壬集上。《正音譜》、《也是園書目》著錄。《正音譜》作《王允連環計》。錢目作《錦雲堂美女連環計》。)

- 《金水橋陳琳抱妝匣》(《元曲選》王集上。《正音譜》、《也是園書目》著錄。)
- 《風雨像生貨郎旦》(《元曲選》癸集上。《正音譜》、《也是園書目》著錄。)
- 《薩真人夜斷碧桃花》(《元曲選》癸集上。《也是園書目》著錄,「夜斷」作「夜斬」。)
- 《馮玉蘭夜月泣江舟》(《元曲選》癸集下。未著錄。)

　　上百十六本,我輩今日所據以為研究之資者,實止於此。此外零星折數,如白樸之《箭射雙鵰》,費唐臣之《蘇子瞻風雪貶黃州》,李進取之《神龍殿欒巴噀酒》,趙明道之《陶朱公范蠡歸湖》,鮑天祐之《王妙妙死哭秦少游》,周文質之《持漢節蘇武還鄉》,《雍熙樂府》中均有一折,吾人耳目所及,僅至於此。至如明季所刊之《元人雜劇選》、《古名家雜劇》與錢遵王所藏鈔本,雖絕不經見,要不能遽謂之已佚。此外佚籍,恐尚有發見之一日,但以大數計之,恐不能出二百種以上也。

# 第十章　元劇之存亡

# 第十一章
# 元劇之結構

## 第十一章　元劇之結構

　　元劇以一宮調之曲一套為一折。普通雜劇，大抵四折，或加楔子。案《說文》(六)：「楔，櫼也。」今木工於兩木間有不固處，則斫木札入之，謂之楔子，亦謂之櫼。雜劇之楔子亦然。四折之外，意有未盡，則以楔子足之。昔人謂北曲之楔子，即南曲之引子，其實不然。元劇楔子，或在前，或在各折之間，大抵用《仙呂‧賞花時》或〈端正好〉二曲。唯《西廂記》第二劇中之楔子，則用《正宮‧端正好》全套，與一折等，其實亦楔子也。除楔子計之，仍為四折。唯紀君祥之《趙氏孤兒》，則有五折，又有楔子，此為元劇變例。又張時起之《賽花月鞦韆記》，今雖不存，然據《錄鬼簿》所紀，則有六折。此外無聞焉。若《西廂記》之二十折，則自五劇構成，合之為一，分之則仍為五。此在元劇中亦非僅見之作。如吳昌齡之《西遊記》，其書至國初尚存，其著錄於《也是園書目》者云四卷，見於曹寅《棟亭書目》者云六卷。明凌濛初《西廂序》云：「吳昌齡《西遊記》有六本」，則每本為一卷矣。凌氏又云：「王實甫《破窰記》、《麗春園》、《販茶船》、《進梅諫》、《於公高門》，各有二本。關漢卿《破窰記》、《澆花旦》，亦有二本。」此必與《西廂記》同一體例。此外《錄鬼簿》所載：如李文蔚有《謝安東山高臥》，下注云：「趙公輔次本」，而於趙公輔之《晉謝安東山高臥》下，則注云：「次本」；武漢臣有《虎牢關三戰呂布》，下注云：「鄭德輝次本」，而於鄭德輝此劇下，則注云：「次本」。

蓋李武二人作前本,而趙鄭續之,以成一全體者也。餘如武漢臣之《曹伯明錯勘贓》,尚仲賢之《崔護謁漿》,趙子祥之《太祖夜斬石守信》、《風月害夫人》,趙文殷之《宦門子弟錯立身》,金仁傑之《蔡琰還朝》,皆注「次本」。雖不言所續何人,當亦續《西廂記》之類。然此不過增多劇數,而每劇之以四折為率,則固無甚出入也。

　　雜劇之為物,合動作、言語、歌唱三者而成。故元劇對此三者,各有其相當之物。其紀動作者,曰科;紀言語者,曰賓、曰白;紀所歌唱者,曰曲。元劇中所紀動作,皆以科字終。後人與白並舉,謂之科白,其實自為二事。《輟耕錄》紀金人院本,謂教坊「魏、武、劉三人,鼎新編輯,魏長於唸誦,武長於筋斗,劉長於科泛」;科泛或即指動作而言也。賓白,則餘所見周憲王自刊雜劇,每劇題目下,即有全賓字樣。明姜南《抱璞簡記》(《續說郛》卷十九)曰:「北曲中有全賓全白。兩人相說曰賓,一人自說曰白。」則賓白又有別矣。臧氏《元曲選序》云:「或謂元取士有填詞科,(中略)主司所定題目外,止曲名及韻耳。其賓白,則演劇時伶人自為之,故多鄙俚蹈襲之語。」填詞取士說之妄,今不必辨。至謂賓白為伶人自為,其說亦頗難通。元劇之詞,大抵曲白相生;苟不兼作白,則曲亦無從作,此最易明之理也。今就其存者言之,則《元曲選》中百種,無不有白,此猶可諉為明人之作也。然白中所用

## 第十一章　元劇之結構

之語,如馬致遠《薦福碑》劇中之「曳剌」,鄭光祖《王粲登樓》劇中之「點湯」,一為遼金人語,一為宋人語,明人已無此語,必為當時之作無疑。至《元刊雜劇三十種》,則有曲無白者誠多;然其與《元曲選》復出者,字句亦略相同,而有曲白相生之妙,恐坊間刊刻時,刪去其白,如今日坊刊指令碼然。蓋白則人人皆知,而曲則聽者不能盡解。此種刊本,當為供觀劇者之便故也。且元劇中賓白,鄙俚蹈襲者固多,然其傑作如《老生兒》等,其妙處全在於白。苟去其白,則其曲全無意味。欲強分為二人之作,安可得也。且周憲王時代,去元未遠,觀其所自刊雜劇,曲白俱全,則元劇亦當如此。愈以知臧說之不足信矣。

元劇每折唱者,止限一人,若末,若旦;他色則有白無唱,若唱,則限於楔子中;至四折中之唱者,則非末若旦不可。而末若旦所扮者,不必皆為劇中主要之人物;苟劇中主要之人物,於此折不唱,則亦退居他色,而以末若旦扮唱者,此一定之例也。然亦有出於例外者,如關漢卿之《蝴蝶夢》第三折,則旦之外,俫兒亦唱;尚仲賢之《氣英布》第四折,則正末扮探子唱,又扮英布唱;張國賓之《薛仁貴》第三折,則丑扮禾旦上唱,正末復扮伴哥唱;范子安之《竹葉舟》第三折,則首列禦寇唱,次正末唱。然《氣英布》劇探子所唱,已至尾聲,故元刊本及《雍熙樂府》所選,皆至尾聲而止,後三曲或

後人所加。《蝴蝶夢》、《薛仁貴》中，俠及丑所唱者，既非本宮之曲，且刊本中皆低一格，明非曲。《竹葉舟》中，列禦寇所唱，明日道情，至下〈端正好〉曲，乃入正劇。蓋但以供點綴之用，不足破元劇之例也。唯《西廂記》第一、第四、第五劇之第四折，皆以二人唱。今《西廂》只有明人所刊，其為原本如此，抑由後人竄入，則不可考矣。

元劇腳色中，除末、旦主唱，為當場正色外，則有淨有丑；而末、旦二色，支派彌繁。今舉其見於元劇者，則末有外末、沖末、二末、小末，旦有老旦、大旦、小旦、旦俠、色旦、搽旦、外旦、貼旦等。《青樓集》云：「凡妓以墨點破其面為花旦」，元劇中之色旦、搽旦，殆即是也。元劇有外旦、外末，而又有外；外則或扮男，或扮女，當為外末、外旦之省。外末、外旦之省為外，猶貼旦之後省為貼也。案《宋史·職官志》：「凡直館院則謂之館職，以他官兼者謂之貼職。」又《武林舊事》(卷四)「乾淳教坊樂部」，有「衙前」，有「和顧」；而和顧人中，如朱和、蔣寧、王原全下，皆注云「次貼衙前」，意當與貼職之貼同，即謂非衙前而充衙前（衙前謂臨安府樂人）也。然則曰衝、曰外、曰貼，均係一義，謂於正色之外，又加某色，以充之也。此外見於元劇者，以年齡言，則有若孛老、卜兒、俠兒，以地位職業言，則有若孤、細酸、伴哥、禾旦、曳剌、邦老，皆有某色以扮之；而其身則非腳色之名，與宋金

## 第十一章　元劇之結構

之腳色無異也。

　　元劇中歌者與演者之為一人，固不待言。毛西河《詞話》，獨創異說，以為演者不唱，唱者不演。然《元曲選》各劇，明云末唱、旦唱，《元刊雜劇》亦云「正末開」，或「正末放」，則為旦、末自唱可知。且毛氏「連廂」之說，元明人著述中從未見之，疑其言猶蹈明人杜撰之習。即有此事，亦不過演劇中之一派，而不足以概元劇也。

　　演劇時所用之物，謂之砌末。焦理堂《易餘籥錄》（卷十七）曰：「《輟耕錄》有諸雜砌之目，不知所謂。按元曲《殺狗勸夫》，祇從取砌末上，謂所埋之死狗也。《貨郎旦》外旦取砌末付淨科，謂金銀財寶也。《梧桐雨》正末引宮娥挑燈拿砌末上，謂七夕乞巧筵所設物也。《陳摶高臥》外扮使臣引卒子捧砌末上，謂詔書繡帛也。《冤家債主》和尚交砌末科，謂銀也。《誤入桃源》正末扮劉晨，外扮阮肇帶砌末上，謂行李包裹或採藥器具也。又淨扮劉德引沙三、王留等將砌末上，謂春社中羊酒紙錢之屬也。」余謂焦氏之解砌末是也。然以之與雜砌相牽合，則頗不然。雜砌之解，已見上文，似與砌末無涉。砌末之語，雖始見元劇，必為古語。案宋無名氏《續墨客揮犀》（卷七）云：「問今州郡有公宴，將作曲，伶人呼細末將來，此是何義？對曰：凡御宴進樂，先以弦聲發之，然後眾樂和之，故號

絲抹將來。今所在起曲,遂先之以竹聲,不唯訛其名,亦失其實矣。」又張表臣《珊瑚鉤詩話》(卷二)亦云:「始作樂必曰絲抹將來,亦唐以來如是。」餘疑砌末或為細末之訛。蓋絲抹一語,既訛為細末,其義已亡,而其語獨存,遂誤視為將某物來之意,因以指演劇時所用之物耳。

# 第十一章　元劇之結構

# 第十二章
## 元劇之文章

## 第十二章　元劇之文章

元雜劇之為一代之絕作,元人未之知也。明之文人始激賞之,至有以關漢卿比司馬子長者(韓文靖邦奇)。三百年來,學者文人,大抵屏元劇不觀。其見元劇者,無不加以傾倒。如焦里堂《易餘籥錄》之說,可謂具眼矣。焦氏謂一代有一代之所勝,欲自楚騷以下,撰為一集,漢則專取其賦,魏晉六朝至隋,則專錄其五言詩,唐則專錄其律詩,宋專錄其詞,元專錄其曲。餘謂律詩與詞,固莫盛於唐宋,然此二者果為二代文學中最佳之作否,尚屬疑問。若元之文學,則固未有尚於其曲者也。元曲之佳處何在?一言以蔽之,曰:自然而已矣。古今之大文學,無不以自然勝,而莫著於元曲。蓋元劇之作者,其人均非有名位學問也;其作劇也,非有藏之名山,傳之其人之意也。彼以意興之所至為之,以自娛娛人。關目之拙劣,所不問也;思想之卑陋,所不諱也;人物之矛盾,所不顧也。彼但摹寫其胸中之感想,與時代之情狀,而真摯之理,與秀傑之氣,時流露於其間。故謂元曲為中國最自然之文學,無不可也。若其文字之自然,則又為其必然之結果,抑其次也。

明以後傳奇,無非喜劇,而元則有悲劇在其中。就其存者言之,如《漢宮秋》、《梧桐雨》、《西蜀夢》、《火燒介子推》、《張千替殺妻》等,初無所謂先離後合、始困終亨之事也。其最有悲劇之性質者,則如關漢卿之《竇娥冤》,紀君祥之《趙氏孤兒》,劇中雖有惡人交構其間,而其蹈湯赴火者,仍出於其主

角之意志,即列之於世界大悲劇中,亦無愧色也。

元劇關目之拙,固不待言。此由當日未嘗重視此事,故往往互相蹈襲,或草草為之。然如武漢臣之《老生兒》,關漢卿之《救風塵》,其布置結構,亦極意匠慘淡之致,寧較後世之傳奇,有優無劣也。

然元劇最佳之處,不在其思想結構,而在其文章。其文章之妙,亦一言以蔽之,曰:有意境而已矣。何以謂之有意境?曰:寫情則沁人心脾,寫景則在人耳目,述事則如其口出是也。古詩詞之佳者無不如是,元曲亦然。明以後,其思想結構盡有勝於前人者,唯意境則為元人所獨擅。茲舉數例以證之。其言情述事之佳者,如關漢卿《謝天香》第三折:

《正宮‧端正好》我往常在風塵,為歌妓,不過多見了幾個筵席,回家來仍作個自由鬼;今日倒落在無底磨牢籠內!

馬致遠《任風子》第二折:

《正宮‧端正好》添酒力晚風涼,助殺氣秋雲暮,尚兀自腳趔趄醉眼模糊。他化的我一方之地都食素,單則俺殺生的無緣度。

語語明白如畫,而言外有無窮之意。又如《竇娥冤》第二折:

## 第十二章　元劇之文章

〈鬥蝦蟆〉空悲戚，沒理會，人生死，是輪迴。感著這般病疾，值著這般時勢，可是風寒暑溼，或是飢飽勞役；各人症候自知，人命關天關地，別人怎生替得？壽數非幹一世。相守三朝五夕，說甚一家一計。又無羊酒緞匹，又無花紅財禮，把手為活過日，撒手如同休棄。不是竇娥忤逆，生怕旁人論議。不如聽咱勸你，認個自家晦氣。割捨的一具棺材停置，幾件布帛收拾，出了咱家門裡，送入他家墳地。這不是你那從小兒年紀，指腳的夫妻，我其實不關親，無半點悽愴淚。休得要心如醉，意似痴，便這等嗟嗟怨怨，哭哭啼啼。

此一曲直是賓白，令人忘其為曲。元初所謂當行家，大率如此；至中葉以後，已罕覯矣。其寫男女離別之情者，如鄭光祖《倩女離魂》第三折：

〈醉春風〉空服遍暄眩藥不能痊，知他這醃臢病何日起。要好時直等的見他時，也只為這症候因他上得。得。一會家縹渺呵，忘了魂靈；一會家精細呵，使著軀殼；一會家混沌呵，不知天地。〈迎仙客〉日長也愁更長，紅稀也信尤稀，春歸也奄然人未歸。我則道相別也數十年，我則道相隔著數萬里，為數歸期，則那竹院裡刻遍琅玕翠。

此種詞如彈丸脫手，後人無能為役；唯南曲中《拜月》、《琵琶》差能近之。至寫景之工者，則馬致遠之《漢宮秋》第三折：

〈梅花酒〉呀！對著這迥野淒涼，草色已添黃，兔起早迎霜。犬褪得毛蒼，人搠起纓槍，馬負著行裝，車運著包餱糧，打獵起圍場。他他他傷心辭漢主，我我我攜手上河梁。他部從，入窮荒；我鑾輿，返咸陽。返咸陽，過宮牆；過宮牆，繞迴廊；繞迴廊，近椒房；近椒房，月昏黃；月昏黃，夜生涼；夜生涼，泣寒螿；泣寒螿，綠紗窗；綠紗窗，不思量。〈收江南〉呀！不思量，便是鐵心腸，鐵心腸也愁淚滴千行；美人圖今夜掛昭陽，我那裡供養，便是我高燒銀燭照紅妝。

（尚書云）陛下迴鑾罷，娘娘去遠了也。（駕唱）

〈鴛鴦煞〉我煞大臣行，說一個推辭謊，又則怕筆尖兒那火編修講。不見那花朵兒精神，怎趁那草地裡風光。唱道佇立多時，徘徊半晌，猛聽的塞雁南翔，呀呀的聲嘹亮，卻原來滿目牛羊，是兀那載離恨的氈車半坡裡響。

以上數曲，真所謂寫情則沁人心脾，寫景則在人耳目，述事則如其口出者。第一期之元劇，雖淺深大小不同，而莫不有此意境也。

古代文學之形容事物也，率用古語，其用俗語者絕無。又所用之字數亦不甚多。獨元曲以許用襯字放，故輒以許多俗語或以自然之聲音形容之。此自古文學上所未有也。茲舉其例，如《西廂記》第四劇第四折：

## 第十二章　元劇之文章

〈雁兒落〉綠依依牆高柳半遮，靜悄悄門掩清秋夜，疏剌剌林梢落葉風，昏慘慘雲際穿窗月。

〈得勝令〉驚覺我的是顫巍巍竹影走龍蛇，虛飄飄莊周夢蝴蝶，絮叨叨促織兒無休歇，韻悠悠砧聲兒不斷絕；痛煞煞傷別，急煎煎好夢兒應難捨，冷清清的咨嗟，嬌滴滴玉人兒何處也？

此猶僅用三字也。其用四字者，如馬致遠《黃粱夢》第四折：

〈叨叨令〉我這裡穩丕丕土炕上迷颩沒騰的坐，那婆婆將粗剌剌陳米喜收希和的播，那寒驢兒柳陰下舒著足乞留惡濫的臥，那漢子去脖項上婆婆沒索的摸。你則早醒來了也麼哥，你則早醒來了也麼哥，可正是窗前彈指時光過。

其更奇絕者，則如鄭光祖《倩女離魂》第四折：

〈古水仙子〉全不想這姻親是舊盟，則待教袄廟火刮刮匝匝烈焰生。將水面上鴛鴦忒楞楞騰分開交頸，疏剌剌沙鞴雕鞍撒了鎖韁，廝琅琅湯偷香處喝號提鈴，支楞楞爭弦斷了不續碧玉箏，吉丁丁璫精磚上摔破菱花鏡，撲通通東井底墜銀瓶。

又無名氏《貨郎旦》劇第三折，則用疊字，其數更多。

〈貨郎兒六轉〉我則見黯黯慘慘天涯雲布，萬萬點點瀟湘夜雨；正值著窄窄狹狹溝溝塹塹路崎嶇，黑黑黯黯彤雲布，赤留赤律瀟瀟灑灑斷斷續續，出出律律忽忽魯魯陰雲開處，霍霍閃閃電光星注；正值著颼颼摔摔風，淋淋淥淥雨，高高下下凹凹

答答一水模糊，撲撲籔籔溼溼淥淥疏林人物，卻便似一幅慘慘昏昏瀟湘水墨圖。

由是觀之，則元劇實於新文體中自由使用新言語。在中國文學中，於《楚辭》、內典外，得此而三。然其源遠在宋金二代，不過至元而大成。其寫景抒情述事之美，所負於此者，實不少也。

元曲分三種，雜劇之外，尚有小令、套數。小令只用一曲，與宋詞略同。套數則合一宮調中諸曲為一套，與雜劇之一折略同。但雜劇以代言為事，而套數則以自敘為事，此其所以異也。元人小令套數之佳，亦不讓於其雜劇。茲各錄其最佳者一篇，以示其例，略可以見元人之能事也。

## 小令

〈天淨沙〉（無名氏。此詞《庶齋老學叢談》及元刊《樂府新聲》，均不著名氏，《堯山堂外紀》以為馬致遠撰，朱竹垞《詞綜》仍之，不知何據。）

枯藤老樹昏鴉，小橋流水人家，古道西風瘦馬，夕陽西下，斷腸人在天涯。

## 第十二章　元劇之文章

# 套數

《秋思》（馬致遠。見元刊《中原音韻》、《樂府新聲》）

《雙調‧夜行船》百歲光陰如夢蝶，重回首往事堪嗟！昨日春來，今朝花謝，急罰盞夜闌燈滅。

〈喬木查〉秦宮漢闕，做衰草牛羊野，不恁漁樵無話說。縱荒墳橫斷碑，不辨龍蛇。

〈慶宣和〉投至狐蹤與兔穴，多少豪傑，鼎足三分半腰折，魏耶？晉耶？

〈落梅風〉天教富，不待奢，無多時好天良夜，看錢奴硬將心似鐵，空辜負錦堂風月。

〈風入松〉眼前紅日又西斜，疾似下坡車，晚來清鏡添白雪，上床與鞋履相別。莫笑鳩巢計拙，葫蘆提一就裝呆。

〈撥不斷〉利名竭，是非絕，紅塵不向門前惹，綠樹偏宜屋角遮，青山正補牆東缺，竹籬茅舍。

〈離亭宴煞〉蛩吟罷一枕才寧貼，雞鳴後萬事無休歇，算名利何年是徹！密匝匝蟻排兵，亂紛紛蜂釀蜜，鬧穰穰蠅爭血。裴公綠野堂，陶令白蓮社，愛秋來那些？和露摘黃花，帶霜烹紫蟹，煮酒燒紅葉。人生有限杯，幾個登高節？囑付與頑童記者，便北海探吾來，道東籬醉了也。

〈天淨沙〉小令，純是天籟，彷彿唐人絕句。馬東籬《秋思》一套，周德清評之以為萬中無一，明王元美等亦推為套數中第一，誠定論也。此二體雖與元雜劇無涉，可知元人之於曲，天實縱之，非後世所能望其項背也。

元代曲家，自明以來，稱關馬鄭白。然以其年代及造詣論之，寧稱關白馬鄭為妥也。關漢卿一空倚傍，自鑄偉詞，而其言曲盡人情，字字本色，故當為元人第一。白仁甫、馬東籬，高華雄渾，情深文明。鄭德輝清麗芊綿，自成馨逸。均不失為第一流。其餘曲家，均在四家範圍內。唯宮大用瘦硬通神，獨樹一幟。以唐詩喻之：則漢卿似白樂天，仁甫似劉夢得，東籬似李義山，德輝似溫飛卿，而大用則似韓昌黎。以宋詞喻之：則漢卿似柳耆卿，仁甫似蘇東坡，東籬似歐陽永叔，德輝似秦少游，大用似張子野。雖地位不必同，而品格則略相似也。明寧獻王曲品，躋馬致遠於第一，而抑漢卿於第十。蓋元中葉以後，曲家多祖馬、鄭，而祧漢卿，故寧王之評如是。其實非篤論也。

元劇自文章上言之，優足以當一代之文學。又以其自然故，故能寫當時政治及社會之情狀，足以供史家論世之資者不少。又曲中多用俗語，故宋金元三朝遺語，所存甚多。輯而存之，理而董之，自足為一專書。此又言語學上之事，而非此書之所有事也。

# 第十二章　元劇之文章

# 第十三章
## 元院本

## 第十三章　元院本

　　元人雜劇之外，尚有院本。《輟耕錄》云：「國朝雜劇院本，分而為二。」蓋雜劇為元人所創，而院本則金源之遺，然元人猶有作之者。《錄鬼簿》（卷下）云：「屈英甫名彥英，編《一百二十行》及《看錢奴》院本」是也。元人院本，今無存者，故其體例如何，全不可考。唯明周憲王《呂洞賓花月神仙會》雜劇中，有院本一段。此段係憲王自撰，或剪裁金元舊院本充之，雖不可知；然其結構簡易，與北劇南戲，均截然不同。故作元院本觀可，即金人院本，亦即此而可想像矣。今全錄其文如下：

　　末云：「小生昨日街上閒行，見了四個樂工，自山東瀛州來到此處，打覷覓錢。小生邀他今日在大姐家，慶會小生生辰，若早晚還不見來。」

　　辦淨同捷譏、付末、末泥上，相見了，做院本《長壽仙獻香添壽》。院本上。捷云：「歌聲才住。」末泥云：「絲竹暫停。」淨云：「俺四人佳戲向前。」付末云：「道甚清才謝樂？」捷云：「今日雙秀才的生日，您一人要一句添壽的詩。」捷先云：「檜柏青松常四時。」付末云：「仙鶴仙鹿獻靈芝。」末泥云：「瑤池金母蟠桃宴。」付淨云：「都活一千八百歲。」付末打云：「這言語不成文章，再說。」淨云：「都活二千九百歲。」付末云：「也不成文章。」淨云：「有了，有了，都活三萬三千三百歲，白了髭鬚白了眉。」付末云：「好好！到是一個壽星。」捷云：「我問

你一人要一件祝壽底物。」捷云:「我有一幅畫兒,上面三個人兒:兩個是福祿星君,一個是南極老兒。」問付末云:「我有一幅畫兒,上面四科樹兒:兩科是青松翠柏,兩科是紫竹靈芝。」問末泥云:「我有一幅畫兒,上面兩般物兒:一個是送酒黃鶴,一個是銜花鹿兒。」淨趨搶云:「我也有。我有一幅圖兒,上面一個靶兒,我也不識是甚物,人都道是春畫兒。」付末打云:「這個甚底,將來獻壽。」淨云:「我子願歡會長生。」淨趨搶云:「俺一人要兩般樂器:一般是絲,一般是竹,與雙秀才添壽咱。」捷云:「我有一個玉笙,有一架銀箏,就有一個小曲兒添壽,名是〈醉太平〉。」

捷唱:「有一排玉笙,有一架銀箏,將來獻壽鳳鸞鳴,感天仙降庭。玉笙吹出悠然興,銀箏搊得新詞令,都來添壽樂官星,祝千年壽寧。」

末泥云:「我也有一管龍笛,一張錦瑟,就有一個曲兒添壽。」

末泥唱:「品龍笛鳳聲,彈錦瑟泉鳴,供筵前添壽老人星,慶千春萬齡。瑟呵!冰蠶吐出絲明淨,笛呵!紫筠調得聲相應。我將這龍笛錦瑟賀昇平,飲香醪玉瓶!」

付末云:「我也有一面琵琶,一管紫簫,就有個曲兒添壽。」

付末唱:「撥琵琶韻美,吹簫管聲齊,琵琶簫管慶樽席,

153

## 第十三章　元院本

向筵前奏只。琵琶彈出長生意，紫簫吹得天仙會，都來添壽笑嘻嘻，老人星賀喜！」

淨趨搶云：「小子兒也有一條弦兒一個孔兒的絲竹，就有一個曲兒添壽。」

淨唱：「彈棉花的木弓，吹柴草的火筒，這兩般絲竹不相同，是俺付淨色的受用。這木弓彈了棉花呵！一夜溫暖衣衾重。這火筒吹著柴草呵！一生飽食憑他用。這兩般，不受飢，不受冷，過三冬，比你樂器的有功。」

付末打云：「付淨的巧語能言。」淨云：「說遍這絲竹管弦。」付末云：「藍采和手執檀板。」淨云：「漢鍾離書捧真筌。」付末云：「鐵柺李忙吹玉管。」淨云：「白玉蟾舞袖翩翩。」付末云：「韓湘子生花藏葉。」淨云：「張果老擊鼓喧闐。」付末云：「曹國舅高歌大麯。」淨云：「徐神翁慢撫琴弦。」付末云：「東方朔學踏焰爨。」淨云：「呂洞賓掌記詞篇。」付末云：「總都是神仙作戲。」淨云：「慶千秋福壽雙全。」付末云：「問你付淨的辦個甚色？」淨云：「哎哎！哎哎！我辦個富樂院裡樂探官員。」付末收住：「世財紅粉高樓酒，都是人間喜樂時。」

末云：「深謝四位伶官，逢場作戲，果然是錦心繡口，弄月嘲風。」

此中腳色，末泥、付末、付淨（即副末、副淨）三色，與《輟耕錄》所載院本中腳色同，唯有捷譏而無引戲。案上文說

唱，皆捷譏在前，則捷譏或即引戲。捷譏之名，亦起於宋。《武林舊事》（卷六）「諸色伎藝人」中，商謎有捷機和尚是也。此四色中，以付淨、付末二色為重。且以付淨色為尤重，較然可見。此猶唐宋遺風。其中付末打付淨者三次，亦古代鶻打參軍之遺；而末一段，付淨、付末各道一句，又歐陽公《與梅聖俞書》所謂如「雜劇人上名下韻不來，須副末接續」者也。此一段之為古曲，當無可疑。即非古曲，亦必全仿古劇為之者。以其足窺金元之院本，故茲著之。

院本之體例，有白有唱，與雜劇無異。唯唱者不限一人，如上例中捷譏、末泥、付末、付淨，各唱〈醉太平〉一曲是也。明徐充《暖姝由筆》（《續說郛》卷十九）曰：「有白有唱者名雜劇，用弦索者名套數，扮演戲跳而不唱者名院本。」雜劇與套數之別，既見上章，絕非如徐氏之說。至謂院本演而不唱，則不獨金人院本以曲名者甚多，即上例之中，亦有歌曲。而《水滸傳》載白秀英之演院本，亦有白有唱，可知其說之無根矣。且院本一段之中，各色皆唱，又與南曲戲文相近，但一行於北，一行於南。其實院本與南戲之間，其關係較二者之與元雜劇更近。以二者一出於金院本，一出於宋戲文，其根本要有相似之處；而元雜劇則出於一時之創造故也。

# 第十三章 元院本

# 第十四章
# 南戲之淵源及時代

## 第十四章　南戲之淵源及時代

元劇進步之二大端,既於第八章述之矣。然元劇大都限於四折,且每折限一宮調,又限一人唱,其律至嚴,不容踰越。故莊嚴雄肆,是其所長;而於曲折詳盡,猶其所短也。至除此限制,而一劇無一定之折數,一折(南戲中謂之一齣)無一定之宮調;且不獨以數色合唱一折,並有以數色合唱一曲,而各色皆有白有唱者,此則南戲之一大進步,而不得不大書特書以表之者也。

南戲之淵源於宋,殆無可疑。至何時進步至此,則無可考。吾輩所知,但元季既有此種南戲耳。然其淵源所自,或反古於元雜劇。今試就其曲名分析之,則其出於古曲者,更較元北曲為多。今南曲譜錄之存者,皆屬明代之作。以吾人所見,則其最古者,唯沈璟之《南九宮譜》二十二卷耳。此書前有李維楨序,謂出於陳白二譜;然其注新增者不少。今除其中之犯曲(即集曲)不計,則仙呂宮曲凡六十九章,羽調九章,正宮四十六章,大石調十五章,中呂宮六十五章,般涉調一章,南呂宮八十四章,黃鐘宮四十章,越調五十章,商調三十六章,雙調八十八章,附錄三十九章,都五百四十三章。而其中出於古曲者如下。

出於大麯者二十四:

- 〈劍器令〉(仙呂引子)
- 〈八聲甘州〉(仙呂慢詞)

- 〈梁州令〉、〈齊天樂〉(以上正宮引子)
- 〈普天樂〉(正宮過曲)
- 〈催拍〉、〈長壽仙〉(以上大石調過曲)
- 〈大勝樂〉(疑即〈大聖樂〉)、〈薄媚〉(以上南呂引子)
- 〈梁州序〉、〈大勝樂〉、〈薄媚袞〉(以上南呂過曲)
- 〈降黃龍〉(黃鐘過曲)
- 〈入破〉、〈出破〉(以上越調近詞)
- 〈新水令〉(雙調引子)
- 〈六麼令〉(雙調過曲)
- 〈薄媚曲破〉(附錄過曲)
- 〈入破第一〉、〈破第二〉、〈袞第三〉、〈歇拍〉、〈中袞第五〉、〈煞尾〉、〈出破〉(以上黃鐘過曲,見《琵琶記》)(七曲相連,實大麴之七遍,而亡其調名者也。)

其出於唐宋詞者一百九十:

- 〈卜運算元〉、〈番卜算〉、〈探春令〉、〈醉落魄〉、〈天下樂〉、〈鵲橋仙〉、〈唐多令〉、〈似孃兒〉、〈鷓鴣天〉(以上仙呂引子)
- 〈碧牡丹〉、〈望梅花〉、〈感庭秋〉、〈喜還京〉、〈桂枝香〉、〈河傳序〉、〈惜黃花〉、〈春從天上來〉(以上仙呂過曲)

## 第十四章　南戲之淵源及時代

- 〈河傳〉、〈聲聲慢〉、〈杜韋娘〉、〈桂枝香〉（以上仙呂慢詞）
- 〈天下樂〉、〈喜還京〉（以上仙呂近詞）
- 〈浪淘沙〉（羽調近詞）
- 〈燕歸梁〉、〈七娘子〉、〈破陣子〉、〈瑞鶴仙〉、〈喜遷鶯〉、〈緱山月〉、〈新荷葉〉（以上正宮引子）
- 〈玉芙蓉〉、〈錦纏道〉、〈小桃紅〉、〈三字令〉、〈傾杯序〉、〈滿江紅急〉、〈醉太平〉、〈雙鸂鶒〉、〈洞仙歌〉、〈醜奴兒近〉（以上正宮過曲）
- 〈安公子〉（正宮慢詞）
- 〈東風第一枝〉、〈少年遊〉、〈念奴嬌〉、〈燭影搖紅〉（以上大石引子）
- 〈沙塞子〉、〈沙塞子急〉、〈念奴嬌序〉、〈人月圓〉（以上大石過曲）
- 〈驀山溪〉、〈烏夜啼〉、〈醜奴兒〉（以上大石慢詞）
- 〈插花三臺〉（大石近詞）
- 〈粉蝶兒〉、〈行香子〉、〈菊花新〉、〈青玉案〉、〈尾犯〉、〈剔銀燈引〉、〈金菊對芙蓉〉（以上中呂引子）
- 〈泣顏回〉（見《太平廣記》有〈哭顏回〉曲）、〈好事近〉、〈駐馬聽〉、〈古輪臺〉、〈漁家傲〉、〈尾犯序〉、〈丹鳳吟〉、〈舞

霓裳〉、〈山花子〉、〈千秋歲〉(以上中呂過曲)
- 〈醉春風〉、〈賀聖朝〉、〈沁園春〉、〈柳梢青〉(以上中呂慢詞)
- 〈迎仙客〉(中呂近詞)
- 〈哨遍〉(般涉調慢詞)
- 〈戀芳春〉、〈女冠子〉、〈臨江仙〉、〈一翦梅〉、〈虞美人〉、〈意難忘〉、〈薄倖〉、〈生查子〉、〈于飛樂〉、〈步蟾宮〉、〈滿江紅〉、〈上林春〉、〈滿園春〉(以上南呂引子)
- 〈賀新郎〉、〈賀新郎衮〉、〈女冠子〉、〈解連環〉、〈引駕行〉、〈竹馬兒〉、〈繡帶兒〉、〈鎖窗寒〉、〈阮郎歸〉、〈浣溪沙〉、〈五更轉〉、〈滿園春〉、〈八寶妝〉(以上南呂過曲)
- 〈賀新郎〉、〈木蘭花〉、〈烏夜啼〉(以上南呂慢詞)
- 〈絳都春〉、〈疏影〉、〈瑞雲濃〉、〈女冠子〉、〈點絳唇〉、〈傳言玉女〉、〈西地錦〉、〈玉漏遲〉(以上黃鐘引子)
- 〈絳都春序〉、〈畫眉序〉、〈滴滴金〉、〈雙聲子〉、〈歸朝歡〉、〈春雲怨〉、〈玉漏遲序〉、〈傳言玉女〉、〈侍香金童〉、〈天仙子〉(以上黃鐘過曲)
- 〈浪淘沙〉、〈霜天曉角〉、〈金蕉葉〉、〈杏花天〉、〈祝英臺近〉(以上越調引子)

161

## 第十四章　南戲之淵源及時代

- 〈小桃紅〉、〈雁過南樓〉、〈亭前柳〉、〈繡停針〉、〈祝英臺〉、〈憶多嬌〉、〈江神子〉（以上越調過曲）
- 〈鳳凰閣〉、〈高陽臺〉、〈憶秦娥〉、〈逍遙樂〉、〈繞池遊〉、〈三臺令〉、〈二郎神慢〉、〈十二時〉（以上商調引子）
- 〈滿園春〉、〈高陽臺〉、〈擊梧桐〉、〈二郎神〉、〈集賢賓〉、〈鶯啼序〉、〈黃鶯兒〉（以上商調過曲）
- 〈集賢賓〉、〈永遇樂〉、〈熙州三臺〉、〈解連環〉（以上商調慢詞）
- 〈驟雨打新荷〉（小石調近詞）
- 〈真珠簾〉、〈花心動〉、〈謁金門〉、〈惜奴嬌〉、〈寶鼎現〉、〈搗練子〉、〈風入松慢〉、〈海棠春〉、〈夜行船〉、〈賀聖朝〉、〈秋蕊香〉、〈梅花引〉（以上雙調引子）
- 〈畫錦堂〉、〈紅林檎〉、〈醉公子〉（以上雙調過曲）
- 〈柳搖金〉、〈月上海棠〉、〈柳梢青〉、〈夜行船序〉、〈惜奴嬌〉、〈品令〉、〈豆葉黃〉、〈字字雙〉、〈玉交枝〉、〈玉抱肚〉、〈川撥棹〉（以上仙呂入雙調過曲）
- 〈紅林檎〉、〈泛蘭舟〉（以上雙調慢詞）
- 〈帝臺春〉（附錄引子）
- 〈鶴沖天〉、〈疏影〉（以上附錄過曲）

出於金諸宮調者十三：

- 〈勝葫蘆〉、〈美中美〉（以上仙呂過曲）
- 〈石榴花〉、〈古輪臺〉、〈鶻打兔〉、〈麻婆子〉、〈荼蘼香傍拍〉（以上中呂過曲）
- 〈一枝花〉（南呂引子）
- 〈出隊子〉、〈神仗兒〉、〈啄木兒〉、〈刮地風〉（以上黃鐘過曲）
- 〈山麻稭〉（越調過曲）

出於南宋唱賺者十：

- 〈賺〉、〈薄媚賺〉（以上仙呂近詞）
- 〈賺〉、〈黃鐘賺〉（以上正宮過曲）
- 〈本宮賺〉（大石過曲）
- 〈本宮賺〉、〈梁州賺〉（以上南呂過曲）
- 〈賺〉（南呂近詞）
- 〈本宮賺〉（越調過曲）
- 〈入賺〉（越調近詞）

同於元雜劇曲名者十有三：

- 〈青哥兒〉（仙呂過曲）

## 第十四章　南戲之淵源及時代

- 〈四邊靜〉（正宮過曲）
- 〈紅繡鞋〉、〈紅芍藥〉（以上中呂過曲）
- 〈紅衫兒〉（南呂過曲）
- 〈水仙子〉（黃鐘過曲）
- 〈禿廝兒〉、〈梅花酒〉（以上越調過曲）
- 〈綿搭絮〉（越調近詞）
- 〈梧葉兒〉（商調過曲）
- 〈五供養〉（雙調過曲）
- 〈沉醉東風〉、〈雁兒落〉、〈步步嬌〉（以上仙呂入雙調過曲）
- 〈貨郎兒〉（附錄過曲）

  其有古詞曲所未見，而可知其出於古者，如下：

- 〈紫蘇丸〉（仙呂過曲）《事物紀原》（卷九）《吟叫》條：「嘉祐末，仁宗上仙……四海遏密，故市井初有叫果子之戲。蓋自至和嘉祐之間，叫〈紫蘇丸〉，洎樂工杜人經十叫子始也。京師凡賣一物，必有聲韻，其吟哦俱不同，故市人採其聲調，間以詞章，以為戲樂也。」則〈紫蘇丸〉乃北宋叫聲之遺，南宋賺詞中，猶有此曲，見第四章。
- 〈好女兒〉、〈縷縷金〉、〈越恁好〉（均中呂過曲）均見第四章所錄南宋賺詞。

- 〈耍鮑老〉（中呂過曲），又（黃鐘過曲）、〈鮑老催〉（黃鐘過曲）見第八章〈鮑老兒〉條。
- 〈合生〉（中呂過曲）見第六章。
- 〈杵歌〉（中呂過曲）、〈園林杵歌〉（越調過曲）《事物紀原》（卷九）有〈杵歌〉一條；又《武林舊事》（卷二）舞隊中有《男女杵歌》。
- 〈大迓鼓〉（南呂過曲）見第三章。
- 〈劉袞〉（南呂過曲）、〈山東劉袞〉（仙呂入雙調過曲）《武林舊事》（卷四）雜劇三甲，內中祗應一甲五人，內有次淨劉袞。又（卷二）舞隊中有《劉袞》，又金院本名目中有《調劉袞》一本。
- 〈太平歌〉（黃鐘過曲）南宋官本雜劇段數，《錢手帕爨》下，注小字〈太平歌〉。
- 〈蠻牌令〉（越調過曲）見第八章〈六國朝〉條。
- 〈四國朝〉（雙調引子）見第八章〈六國朝〉條。
- 〈破金歌〉（仙呂入雙調過曲）此詞云「破金」，必南宋所作也。
- 〈中都俏〉（附錄過曲）案金以燕京為中都。元世祖至元元年，又改燕京為中都，九年改大都，則此為金人或元初遺曲也。

## 第十四章　南戲之淵源及時代

以上十八章，其為古曲或自古曲出，蓋無可疑。此外想尚不少。總而計之，則南曲五百四十三章中，出於古曲者凡二百六十章，幾當全數之半；而北曲之出於古曲者，不過能舉其三分之一，可知南曲淵源之古也。

南戲之曲名，出於古曲者其多如此。至其配置之法，一齣中不以一宮調之曲為限，頗似諸宮調。其有一齣首尾，只用一曲，終而復始者，又頗似北宋之傳踏。又《琵琶記》中第十六齣，有大麴一段，凡七遍；雖失其曲名，且其各遍之次序，與宋大麴不盡合，要必有所出。可知南戲之曲，亦綜合舊曲而成，並非出於一時之創造也。

更以南戲之材質言之，則本於古者更多。今日所存最古之南戲，僅《荊》、《劉》、《拜》、《殺》與《琵琶記》五種耳。《荊》謂《荊釵》，《劉》謂《白兔》，《拜》、《殺》則謂《拜月》、《殺狗》二記。此四本與《琵琶》均出於元明之間（見下），然其源頗古。施愚山《矩齋雜記》云：「傳奇《荊釵記》，丑詆孫汝權。按汝權宋名進士，有文集，尚氣誼，王梅溪先生好友也。梅溪劾史浩八罪，汝權慫恿之，史氏切齒，故入傳奇，謬其事以汙之。溫州周天錫字戀寵，嘗辨其誣，見《竹懶新著》。」施氏之說，信否不可知，要足備參考也。《白兔記》演李三娘事，然元劉唐卿已有《李三娘麻地捧印》雜劇，則亦非創作矣。《殺

狗》則元蕭德祥有《王翛然斷殺狗勸夫》雜劇。《拜月》之先，已有關漢卿《閨怨佳人拜月亭》、王實甫《才子佳人拜月亭》二劇。《琵琶》則陸放翁既有「滿村聽唱蔡中郎」之句；而金人院本名目，亦有《蔡伯喈》一本。又祝允明《猥談》謂：南戲，「余見舊牒，其時有趙閎夫榜禁，頗述名目，如《趙真女蔡二郎》等，亦不甚多。」餘案元岳伯川《呂洞賓度鐵枴李岳》雜劇，第二折〈煞尾〉云：「你學那守三貞趙真女，羅裙包土將墳臺建」，則其事正與《琵琶記》中之趙五娘同。岳伯川元初人，則元初確有此南戲矣。且今日《琵琶記》傳本第一齣末，有四語，末二語云：「有貞有烈趙真女，全忠全孝蔡伯喈。」此四語實與北劇之題目正名相同。則雖今本《琵琶記》，其初亦當名《趙真女》或《蔡伯喈》；而《琵琶》之名，乃由後人追改，則不徒用其事，且襲其名矣。然則今日所傳最古之南戲，其故事關目，皆有所由來，視元雜劇對古劇之關係，更為親密也。

　　南戲始於何時，未有定說。明祝允明《猥談》(《續說郛》卷四十六) 云：「南戲出於宣和之後，南渡之際，謂之溫州雜劇。予見舊牒，其時有趙閎夫榜禁，頗述名目，如《趙真女蔡二郎》等，亦不甚多」云云。其言「出於宣和之後」，不知何據。以餘所考，則南戲當出於南宋之戲文，與宋雜劇無涉；唯其與溫州相關係，則不可誣也。戲文二字，未見於宋人書中；然其源則出於宋季。元周德清《中原音韻》云：「南宋都杭，

167

## 第十四章　南戲之淵源及時代

吳興與切鄰，故其戲文如《樂昌分鏡》等，唱唸呼吸，皆如約韻。」（渭沈約韻）此但渾言南宋，不著其為何時。劉一清《錢唐遺事》則云：「賈似道少時，佻健尤甚。自入相後，猶微服閒行，或飲於伎家。至戊辰己巳間，《王煥》戲文盛行於都下，始自太學，有黃可道者為之。」則戲文於度宗咸淳四五年間，既已盛行，尚不言其始於何時也。葉子奇《草木子》則云：「俳優戲文，始於王魁，永嘉人作之。識者曰：若見永嘉人作相，國當亡。及宋將亡，乃永嘉陳宜中作相。其後元朝南戲盛行，及當亂，北院本特盛，南戲遂絕。」案宋官本雜劇中，有《王魁三鄉題》，其翻為戲文，不知始於何時，要在宋亡前百數十年間。至以戲文為永嘉人所作，亦非無據。案周密《癸辛雜誌》別集上，紀溫州樂清縣僧祖傑，楊髠之黨，（中略）旁觀不平，乃撰為戲文以廣其事。又撰《琵琶記》之高則誠亦溫州永嘉人。葉盛《菉竹堂書目》，有《東嘉韞玉傳奇》。則宋元戲文大都出於溫州，然則葉氏永嘉始作之言，祝氏「溫州雜劇」之說，其或信矣。元一統後，南戲與北雜劇並行。《青樓集》云：「龍樓景、丹墀秀，皆金門高之女，俱有姿色，專工南戲。」《錄鬼簿》謂：「南北調合腔，自沈和甫始。」又云：「蕭德祥，凡古文俱櫽括為南曲，街市盛行，又有南曲戲文等。」以南曲戲文四字連稱，則南戲出於宋末之戲文，固昭昭矣。

然就現存之南戲言之，則時代稍後。後人稱《荊》、《劉》、

《拜》、《殺》，為元四大家。明無名氏亦以《荊釵記》為柯丹邱撰，世亦傳有元刊本。（貴池劉氏有之，餘未見。然聞繆藝風祕監言，中有制義數篇，則為洪武後刊本明矣。）然柯敬仲未聞以制曲稱，想舊本當題丹邱子或丹邱先生撰。丹邱子者，明寧獻王道號也。（《千頃堂書目》，有丹邱子《太和正音譜》二卷，譜中亦自稱丹邱先生。其實此書，乃寧獻王撰，故書中著錄，訖於明初人也。）後人不知，見丹邱二字，即以為敬仲耳。《白兔記》不知撰人。《殺狗記》據《靜志居詩話》（卷四）則為徐㽔所作。㽔字仲由，淳安人，洪武初征秀才，至藩省辭歸。則其人至明初尚存，其製作之時，在元在明已不可考矣。《拜月亭》（其刻於《六十種曲》中者，易名《幽閨記》）則明王元美、何元朗、臧晉叔等皆以為元施君美（惠）所撰。君美杭人，卒於至順、至正間。然《錄鬼簿》謂君美詩酒之暇，唯以填詞和曲為事，有《古今砌話》編成一集，而無一語及《拜月亭》。雖《錄鬼簿》但錄雜劇，不錄南戲，然其人苟有南戲或院本，亦必及之，如範居中、屈彥英、蕭德祥等是也。則《拜月》是否出君美手，尚屬疑問，唯就曲文觀之，定為元人之作，當無大謬。而其撰人與時代，確乎可知者，唯《琵琶》一記耳。

作《琵琶》者，人人皆知其為高則誠。然其名則或以為高拭，或以為高明，其字則或以為則誠，或以為則成。蔣仲舒

# 第十四章　南戲之淵源及時代

《堯山堂外紀》（卷七十六）：「高拭字則成，作《琵琶記》者。或謂方谷真據慶元時，有高明者，避地鄞之櫟社，以詞曲自娛。（中略）案高明，溫州瑞安人，以《春秋》中至正乙酉第，其字則誠，非則成也。或曰二人同時同郡，字又同音，遂誤耳。」以上皆蔣氏說。王元美《藝苑卮言》，亦云南曲高拭則誠，遂掩前後。朱竹垞《靜志居詩話》，於高明條下，引《外紀》之說，復云「涵虛子曲譜，有高拭而無高明，則蔣氏之言，或有所據」云云。余案元刊本張小山《北曲聯樂府》，前有海粟馮子振、燕山高拭題詞，此即涵虛子曲譜中之高拭。《琵琶》乃南曲戲文，則其作者自當為永嘉之高明，而非燕山之高拭。況明人中如姚福《青溪暇筆》、田藝衡《留青日札》，皆以作《琵琶》者為高明，當不謬也。既為高明，則其字自當為則誠，而非則成。至其作《琵琶記》之時代，則據《青溪暇筆》及《留青日札》，均謂在寓居櫟社之後。其寓居櫟社，據《留青日札》及《列朝詩集》，又在方國珍降元之後。按國珍降元者再，其初降時，尚未據慶元，其再降則在至正十六年；則此記之作，亦在至正十六年以後矣。然《留青日札》，又謂高皇帝微時，嘗奇此戲。案明太祖起兵在至正十二年閏三月，若微時已有此戲，則當成於十二年以前。又《日札》引一說，謂：「初東嘉以伯喈為不忠不孝，夢伯喈謂之曰：『公能易我為全忠全孝，當有以報公。』遂以全忠全孝易之，東嘉後果發解。」案則誠中進士第，

在至正五年,則成書又當在五年以前。然明人小說所載,大抵無稽之說,寧從《青溪暇筆》及《留青日札》前說,謂成書於避地櫟社之後,為較妥也。

由是觀之,則現存南戲,其最古者,大抵作於元明之間。而《草木子》反謂「元朝南戲盛行,及當亂,北院本(此謂元人雜劇)特盛,南戲遂絕」者,果何說歟?曰:葉氏所記,或金華一地之事。然元代南戲之盛,與其至明初而衰息,此亦事實,不可誣也。沈氏《南九宮譜》所選古傳奇,如《劉盼盼》、《王煥》、《韓壽》、《朱買臣》、《古西廂》、《王魁》、《孟姜女》、《冤家債主》、《玩江樓》、《李勉》、《燕子樓》、《鄭孔目》、《牆頭馬上》、《司馬相如》、《進梅諫》、《詐妮子》、《復落倡》、《崔護》等,其名各與宋雜劇段數、金院本名目、元人雜劇相同,復與明代傳奇不類,疑皆元人所作南戲。此外命名相類者,亦尚有二十餘種,亦當為同時之作也。而自明洪武至成弘間,則南戲反少。沈德符《萬曆野獲編》(卷二十五)原明之南曲,謂「《四節》、《連環》、《繡襦》之屬,出於成、弘間,始為時所稱」,則元明之間,南曲一時衰熄,事或然也。觀明初曲家所作,雜劇多而傳奇絕少,或足證此事歟。

# 第十四章 南戲之淵源及時代

# 第十五章
元南戲之文章

## 第十五章　元南戲之文章

　　元之南戲，以《荊》、《劉》、《拜》、《殺》並稱，得《琵琶》而五。此五本尤以《拜月》、《琵琶》為眉目，此明以來之定論也。元南戲之佳處，亦一言以蔽之，曰自然而已矣。申言之，則亦不過一言，曰有意境而已矣。故元代南北二戲，佳處略同；唯北劇悲壯沈雄，南戲清柔曲折，此外殆無區別。此由地方之風氣，及曲之體制使然。而元曲之能事，則固未有間也。

　　元人南戲，推《拜月》、《琵琶》。明代如何元朗、臧晉叔、沈德符輩，皆謂《拜月》出《琵琶》之上。然《拜月》佳處，大都蹈襲關漢卿《閨怨佳人拜月亭》雜劇，但變其體制耳。明人罕睹關劇，又尚南曲，故盛稱之。今舉其例，資讀者之比較焉。

　　關劇第一折：

　　〈油葫蘆〉分明是風雨催人辭故國，行一步一太息，兩行愁淚臉邊垂。一點雨間一行悽惶淚，三分鐘熱風對一聲長吁氣。百忙裡一步一撒，索與他一步一提。這一對繡鞋兒分不得幫和底，稠緊緊糨糨帶著淤泥。

　　南戲《拜月亭》第十三齣：

　　〈剔銀燈〉（老旦）迢迢路不知是那裡？前途去安身在何處？（旦）一點點雨間著一行行悽惶淚，一陣陣風對著一聲聲愁和氣。（合）雲低，天色向晚，子母命存亡，兀自尚未知。

〈攤破地錦花〉（旦）繡鞋兒分不得幫和底，一步步提，百忙裡褪了跟兒。（老旦）冒雨衝風，帶水拖泥。（合）步遲遲，全沒些氣和力。

又如《拜月》南戲中第三十二齣，實為全書中之傑作；然大抵本於關劇第三折。今先錄關劇一段如下：

（旦做入房裡科）（小旦云了）「夜深也，妹子你歇息去波，我也待睡也。（小旦云了）「梅香安排香案兒去，我去燒炷夜香咱。（梅香云了）。

〈伴讀書〉你靠欄檻臨臺榭，我準備名香爇，心事悠悠憑誰說，只除向金鼎焚龍麝，與你殷勤參拜遙天月，此意也無別。

〈笑和尚〉韻悠悠比及把角品絕，碧熒熒投致那鐙兒滅，薄設設衾共枕空舒設。冷清清不恁迭，閒遙遙生枝節，悶懨懨怎捱他如年夜？

（梅香云了）（做燒香科）

〈倘秀才〉天那！這一炷香，則願削減俺尊君狠切。這一炷香，則願俺那拋閃下的男兒較些。那一個耶孃不間疊，不似俺忒嗶嚘劣缺。

（做拜月科，云）願天下心廝愛的夫妻，永無分離，教俺兩口兒早得團圓呷！（小旦云了）（做羞科）

〈叨叨令〉元來你深深的花底將身兒遮，搭搭的背後把鞋

## 第十五章　元南戲之文章

兒捻,澀澀的輕把我裙兒拽,煜煜的羞得我腮兒熱。小鬼頭,直到撞破我也末哥,直到撞破我也末哥,我一星星都索從頭兒說。(小旦云了)「妹子,你不知我兵火中多得他本人氣力來,我已此忘不下他。」(小旦云了)(打悲科)「恁姐夫姓蔣名世隆,字彥通,如今二十三歲也。(小旦打悲科)(做猛問科)

〈倘秀才〉來波,我怨感、我合哽咽;不剌,你啼哭、你為甚迭?(小旦云了)你莫不元是俺男兒舊妻妾?阿!是是是!當時只爭個字兒別,我錯呵了應者。

(小旦云了)你兩個是親弟兄?(小旦云了)(做歡喜科)

〈呆古朵〉似恁的呵,咱從今後越索著疼熱,休想似在先時節!妳又是我妹妹、姑姑,我又是妳嫂嫂、姐姐。(小旦云了)這般者,俺父母多宗派,您兄弟無枝葉。從今後休從俺耶娘家根腳排,只做俺兒夫家親眷者。

(小旦云了)若說著俺那相別呵,話長。

〈三煞〉他正天行汗病,換脈交陽,那其間被俺耶把我橫拖倒拽在招商舍,硬廝強扶上走馬車。誰想舞燕啼鶯,翠鸞嬌鳳,撞著猛虎獰狼,蝘蠍頑蛇。又不敢號咷悲哭,又不敢囑付丁寧,空則索感嘆傷嗟!據著那淒涼慘切,一霎兒似痴呆。

〈二煞〉則就裡先肝腸眉黛千千結,煙水雲山萬萬疊。他便似烈焰飄風,劣心卒性;怎禁他後擁前推,亂棒胡茄。阿!誰

無個老父,誰無個尊君,誰無個親耶。從頭兒看來,都不似俺那狠爹爹。

〈尾〉他把世間毒害收拾徹,我將天下憂愁結攬絕。(小旦云了)沒盤纏,在店舍,有誰人,廝抬貼?那蕭疏,那悽切,生分離,廝拋撇。從相別,那時節,音書無,信音絕。我這些時眼跳腮紅耳輪熱,眠夢交雜不寧貼。您哥哥暑溼風寒縱較些,多被那煩惱憂愁上斷送也。(下)

《拜月》南戲第三十二齣,全從此齣,而情事更明白曲盡,今亦錄一段以比較之。

(旦)呀!這丫頭去了!天色已晚,只見半彎新月,斜掛柳梢,不免安排香案,對月禱告一番,爭些誤了。

〈二郎神慢〉拜星月,寶鼎中明香滿爇(小旦潛上聽科)(旦)上蒼!這一炷香呵!願我拋閃下的男兒疾效些,得再睹同歡同悅!(小旦)悄悄輕把衣袂拽,卻不道小鬼頭春心動也。(走科)(旦)妹子到那裡去?(小旦)我也到父親行去說。(旦扯科)(小旦)放手!我這回定要去。(旦跪科)妹子饒過姐姐罷。(小旦)姐姐請起,那嬌怯,無言俛首,紅暈滿腮頰。

〈鶯集御林春〉恰才的亂掩胡遮,事到如今漏洩,姊妹心腸休見別,夫妻每是些周折。(旦)教我難推恁阻,罷!妹子我一星星對伊仔細從頭說。(小旦)姐姐,他姓什麼?

177

## 第十五章　元南戲之文章

　　（旦）姓蔣。（小旦）呀！他也姓蔣？叫做什麼名字？（旦）世隆名。（小旦）呀！他家在那裡？（旦）中都路是家。（小旦）呀！姐姐，你怎麼認得他？他是什麼樣人？（旦）是我男兒受儒業。〈前腔〉（小旦悲科）聽說罷姓名家鄉，這情苦意切。悶海愁山，將我心上撒，不由人不淚珠流血。（旦）我悽惶是正理，只合此愁休對愁人說。妹子！他啼哭為何因，莫非是我男兒舊妻妾？〈前腔〉（小旦）他須是瑞蓮親兄。（旦）呀！元來是令兄。為何失散了？（小旦）為軍馬犯闕。（旦）是！我曉得了，散失忙尋相應者，那時節只爭個字兒差迭。妹子，和你比先前又親，自今越更著疼熱，你休隨著我跟腳，久已後是我男兒那枝葉。

　　〈前腔〉（小旦）我須是妳妹妹姑姑，妳是我嫂嫂又是姐姐。未審家兄和妳因甚別，兩分離是何時節？（旦）正遇寒冬冷月，恨爹爹將奴拆散在招商舍。（小旦）妳如今還思量著他麼？（旦）思量起痛心酸，那其間染病耽疾。（小旦）那時怎生割捨得撇了？（旦）是我男兒，教我怎割捨。

　　〈四犯黃鶯兒〉（小旦）他直恁太情切，你十分忒軟怯，眼睜睜忍相拋撒。（旦）枉自怨嗟，無可計設，當不過他搶來推去望前拽。（合）意似虺蛇，性似蠍蜇，一言如何訴說。

　　〈前腔〉（小旦）流水一似馬和車，頃刻間途路賒，他在窮途逆旅應難捨。（旦）那時節呵，囊篋又竭，藥食又缺，他那裡

悶懨懨捱不過如年夜。（合）寶鏡分裂，玉釵斷折，何日重圓再接。

〈尾〉自從別後信音絕，這些時魂驚夢怯，莫不是煩惱憂愁將人斷送也。

細較南北二戲，則漢卿雜劇固酣暢淋漓，而南戲中二人對唱，亦宛轉詳盡，情與詞偕，非元人不辦。然則《拜月》縱不出於施君美，亦必元代高手也。

《拜月亭》南戲，前有所因；至《琵琶》則獨鑄偉詞，其佳處殆兼南北之勝。今錄其《吃糠》一節，可窺其一斑。

（商調過曲）〈山坡羊〉（旦）亂荒荒不豐稔的年歲，遠迢迢不回來的夫婿，急煎煎不耐煩的二親，軟怯怯不濟事的孤身體。衣典盡寸絲不掛體，幾番拚死了奴身己，爭奈沒主公婆教誰看取。思之，虛飄飄命怎期，難捱，實丕丕災共危。

〈前腔〉滴溜溜難窮盡的珠淚，亂紛紛難寬解的愁緒，骨崖崖難扶持的病身，戰兢兢難捱過的時和歲。這糠，我待不吃你呵，教奴怎忍饑？我待吃你呵，教奴怎生吃？思量起來不如奴先死，圖得不知親死時。思之，虛飄飄命怎期，難捱，實丕丕災共危。奴家早上，安排些飯與公婆吃，豈不欲買些鮭菜，爭奈無錢可買。不想公婆抵死埋怨，只道奴家揹他自吃了什麼東西，不知奴家吃的是米膜糠秕。又不敢教他知道，便使他

## 第十五章 元南戲之文章

埋怨殺我,我也不敢分說。苦,這些糠秕,怎生吃得下!(吃吐科)

(雙調過曲)〈孝順歌〉(旦)嘔得我肝腸痛,珠淚垂,喉嚨尚兀自牢嘎住。糠那!你遭礱,被椿杵,篩你簸揚你,吃盡控持,好似奴家身狼狽,千辛萬苦皆經歷。苦人吃著苦滋味,兩苦相逢,可知道欲吞不去。(外淨潛上覷科)

〈前腔〉(旦)糠和米,本是相依倚,被簸揚作兩處飛。一貴與一賤,好似奴家與夫婿,終無見期。丈夫便是米呵,米在他方沒處尋;奴家便似糠呵,怎的把糠來救得人飢餒?好似兒夫出去,怎的教奴供膳得公婆甘旨。(外淨潛下科)

〈前腔〉(旦)思量我生無益,死又值甚底,不如忍飢死了為怨鬼。只一件公婆老年紀,靠奴家相依倚,只得苟活片時。片時苟活雖容易,到底日久也難相聚。漫把糠來相比,這糠尚兀自有人吃,奴家的骨頭,知他埋在何處?(外淨上)(淨云)媳婦,妳在這裡吃什麼?(旦云)奴家不曾吃什麼。(淨搜奪科)(旦云)婆婆妳吃不得!(外云)咳!這是什麼東西?

〈前腔〉(旦)這是穀中膜,米上皮。(外云)呀!這便是糠,要他何用?(旦)將來餪鑼可療飢。(淨云)咦!這糠只好將去餵豬狗,如何把來自吃。(旦)嘗聞古賢書,狗彘食人食,也強如草根樹皮。(外淨云)恁的苦澀東西,怕不噎壞了你。(旦)齧雪吞氈,蘇卿猶健,餐松食柏,到做得神仙侶。這糠

呵！縱然吃些何慮。（淨云）阿公，你休聽他說謊，這糠如何吃得？（旦）爹媽休疑，奴須是你孩兒的糟糠妻室。（外淨看，哭科）媳婦，我元來錯埋怨了妳，兀的不痛殺我也。

此一齣實為一篇之警策，竹垞《靜志居詩話》，謂聞則誠填詞，夜案燒雙燭，填至《吃糠》一齣，句云「糠和米本一處飛」，雙燭花交為一。吳舒鳧《長生殿傳奇序》，亦謂則誠居櫟社沈氏樓，清夜案歌，幾上蠟燭二枚，光交為一，因名其樓曰瑞光。此事固屬附會，可知自昔皆以此齣為神來之作。然記中筆意近此者，亦尚不乏。此種筆墨，明以後人全無能為役，故雖謂北劇南戲，限於元代可也。

# 第十五章　元南戲之文章

100 # 第十六章
餘論

## 第十六章　餘論

### 一

　　由此書所研究者觀之，知中國戲劇，漢魏以來，與百戲合，至唐而分為歌舞戲及滑稽戲二種；宋時滑稽戲尤盛，又漸藉歌舞以緣飾故事，於是向之歌舞戲，不以歌舞為主，而以故事為主；至元雜劇出而體制遂定，南戲出而變化更多。於是中國始有純粹之戲曲；然其與百戲及滑稽戲之關係，亦非全絕。此於第八章論古劇之結構時，已略及之。元代亦然。義大利人馬哥樸祿《遊記》中，記元世祖時曲宴禮節云：「宴畢徹案，伎人入，優戲者，奏樂者，倒植者，弄手技者，皆呈藝於大汗之前，觀者大悅。」則元時戲劇，亦與百戲合演矣。明代亦然。呂毖《明宮史》（木集）謂：「鐘鼓司過錦之戲，約有百回，每回十餘人不拘。濃淡相間，雅俗並陳，全在結局有趣。如說笑話之類，又如雜劇故事之類，各有引旗一對，鑼鼓送上。所裝扮者，備極世間騙局俗態，並閨閫拙婦憨男，及市井商匠刁賴詞訟雜耍把戲等項。」則與宋之雜扮略同。至雜耍把戲，則又兼及百戲，雖在今日，猶與戲劇未嘗全無關係也。

## 二

　　由前章觀之，則北劇南戲，皆至元而大成，其發達，亦至元代而止。嗣是以後，則明初雜劇，如谷子敬、賈仲名輩，矜重典麗，尚似元代中葉之作。至仁宣間，而周憲王有燉，最以雜劇知名，其所著見於《也是園書目》者，共三十種。即以平生所見者論：其所自刊者九種，刊於《雜劇十段錦》者十種，而一種復出，共得十八種，其詞雖諧穩，然元人生氣，至是頓盡；且中頗雜以南曲，且每折唱者不限一人，已失元人法度矣。此後唯王渼陂九思、康對山海，皆以北曲擅場，而二人所作《杜甫遊春》、《中山狼》二劇，均鮮動人之處。徐文長渭之《四聲猿》，雖有佳處，然不逮元人遠甚。至明季所謂雜劇，如汪伯玉道昆、陳玉陽與郊、梁伯龍辰魚、梅禹金鼎祚、王辰玉衡、卓珂月人月所作，蒐於《盛明雜劇》中者，既無定折，又多用南曲，其詞亦無足觀。南戲亦然。此戲明中葉以前，作者寥寥，至隆萬後始盛，而尤以吳江沈伯英璟、臨川湯義仍顯祖為巨擘。沈氏之詞，以合律稱，而其文則庸俗不足道。湯氏才思，誠一時之雋，然較之元人，顯有人工與自然之別。故餘謂北劇南戲限於元代，非過為苛論也。

## 第十六章　餘論

## 三

　　雜劇、院本、傳奇之名，自古迄今，其義頗不一。宋時所謂雜劇，其初殆專指滑稽戲言之。孔平仲《談苑》（卷五）：「山谷云：作詩正如作雜劇，初時布置，臨了須打諢。」呂本中《童蒙訓》亦云：「如作雜劇，打猛諢入，卻打猛諢出。」《夢粱錄》亦云：「雜劇全用故事，務在滑稽。」故第二章所集之滑稽戲，宋人恆謂之雜劇，此雜劇最初之意也。至《武林舊事》所載之官本雜劇段數，則多以故事為主，與滑稽戲截然不同，而亦謂之雜劇，蓋其初本為滑稽戲之名，後擴而為戲劇之總名也。元雜劇又與宋官本雜劇截然不同。至明中葉以後，則以戲曲之短者為雜劇，其折數則自一折以至六七折皆有之，又舍北曲而用南曲，又非元人所謂雜劇矣。

　　院本之名義亦不一。金之院本，與宋雜劇略同。元人既創新雜劇，而又有院本，則院本殆即金之舊劇也。然至明初，則已有謂元雜劇為院本者，如《草木子》所謂「北院本特盛，南戲遂絕」者，實謂北雜劇也。顧起元《客座贅語》謂：南都萬曆以前，「大席則用教坊打院本，乃北曲四大套者。」此亦指北雜劇言之也。然明文林《琅琊漫鈔》（《苑錄彙編》卷一百九十七）所紀太監阿丑打院本事，與《萬曆野獲編》（卷六十二）所紀郭

武定家優人打院本事,皆與唐宋以來之滑稽戲同,則猶用金元院本之本義也。但自明以後,大抵謂北劇或南戲為院本。《野獲編》謂「逮本朝院本久不傳,今尚稱院本者,猶沿宋元之舊也。金章宗時,董解元《西廂》尚是院本模範」云云,其以《董西廂》為院本固誤,然可知明以後所謂院本,實與戲曲之意無異也。

傳奇之名,實始於唐。唐裴鉶所作《傳奇》六卷,本小說家言,為傳奇之第一義也。至宋則以諸宮調為傳奇,《武林舊事》所載諸色伎藝人,諸宮調傳奇,有高郎婦、黃淑卿、王雙蓮、袁太道等。《夢粱錄》亦云:「說唱諸宮調,昨汴京有孔三傳,編成傳奇靈怪入曲說唱。」即《碧雞漫志》所謂「澤州孔三傳,首唱諸宮調古傳,士大夫皆能誦之」者也。則宋之傳奇,即諸宮調,一謂之古傳,與戲曲亦無涉也。元人則以元雜劇為傳奇,《錄鬼簿》所著錄者,均為雜劇,而錄中則謂之傳奇。又楊鐵崖《元宮詞》云:「《屍諫靈公》演傳奇,一朝傳到九重知,奉宣齎與中書省,諸路都教唱此詞。」案《屍諫靈公》,乃鮑天祐所撰雜劇,則元人均以雜劇為傳奇也。至明人則以戲曲之長者為傳奇(如沈璟《南九宮譜》等),以與北雜劇相別。乾隆間,黃文暘編《曲海目》,遂分戲曲為雜劇傳奇二種。余曩作《曲錄》從之。蓋傳奇之名,至明凡四變矣。

## 第十六章　餘論

戲文之名,出於宋元之間,其意蓋指南戲。明人亦多用此語,意亦略同。唯《野獲編》始云:「自北有《西廂》,南有《拜月》,雜劇變為戲文。以至《琵琶》遂演為四十餘折,幾倍雜劇。」則戲曲之長者,不問北劇南戲,皆謂之戲文。意與明以後所謂傳奇無異。而戲曲之長者,北少而南多,故亦恆指南戲。要之意義之最少變化者,唯此一語耳。

## 四

至中國樂曲與外國之關係,亦可略言焉。三代之頃,廟中已列夷蠻之樂。漢張騫之使西域也,得《摩訶兜勒》之曲以歸。至晉呂光平西域,得龜茲之樂,而變其聲。魏太武平河西得之,謂之西涼樂;魏周之際,遂謂之國伎。龜茲之樂,亦於後魏時入中國。至齊周二代,而胡樂更盛。《隋志》謂:「齊後主唯好胡戎樂,耽愛無已,於是繁手淫聲,爭新哀怨,故曹妙達、安未弱、安馬駒之徒,至有封王開府者。(曹妙達之祖曹婆羅門,受琵琶曲於龜茲商人,蓋亦西域人也。)遂服簪纓而為伶人之事。後主亦能自度曲,親執樂器,悅玩無厭,使胡兒閹官之輩,齊唱和之。」北周亦然。太祖輔魏之時,得高昌

伎,教習以備饗宴之禮。及武帝大和六年,羅掖庭四夷樂,其後帝娉皇后於北狄,得其所獲康國、龜茲等樂,更雜以高昌之舊,並於大司樂習焉。故齊周二代,並用胡樂。至隋初而太常雅樂,並用胡聲;而龜茲之八十四調,遂由蘇祗婆鄭譯而顯。當時九部伎,除清樂、文康為江南舊樂外,餘七部皆胡樂也。有唐仍之。其大麯、法曲,大抵胡樂,而龜茲之八十四調,其中二十八調尤為盛行。宋教坊之十八調,亦唐二十八調之遺物。北曲之十二宮調,與南曲之十三宮調,又宋教坊十八調之遺物也。故南北曲之聲,皆來自外國。而曲亦有自外國來者,其出於大麯、法曲等,自唐以前入中國者,且勿論;即以宋以後言之,則徽宗時蕃曲復盛行於世。吳曾《能改齋漫錄》(卷一)云:徽宗「政和初,有旨立賞錢五百千,若用鼓板改作北曲子,並著北服之類,並禁止支賞。其後民間不廢鼓板之戲,第改名太平鼓」云云,至紹興年間,有張五牛大夫聽動鼓板,中有〈太平令〉,因撰為賺(見上),則北曲中之〈太平令〉,與南曲中之〈太平歌〉,皆北曲子。又第四章所載南宋賺詞,其結構似北曲,而曲名似南曲者,亦當自蕃曲出。而南北曲之賺,又自賺詞出也。至宣和末,京師街巷鄙人,多歌蕃曲,名曰〈異國朝〉、〈四國朝〉、〈六國朝〉、〈蠻牌序〉、〈蓬蓬花〉等,其言至俚,一時士大夫皆能歌之(見上)。今南北曲中尚有〈四國朝〉、〈六國朝〉、〈蠻牌兒〉,此亦蕃曲,而於宣和時已入中

## 第十六章　餘論

原矣。至金人入主中國，而女真樂亦隨之而入。《中原音韻》謂：「女真〈風流體〉等樂章，皆以女真人音聲歌之。雖字有舛訛，不傷於音律者，不為害也。」則北曲雙調中之〈風流體〉等，實女真曲也。此外如北曲黃鐘宮之〈者剌古〉，雙調之〈阿納忽〉、〈古都白〉、〈唐兀歹〉、〈阿忽令〉，越調之〈拙魯速〉，商調之〈浪來里〉，皆非中原之語，亦當為女真或蒙古之曲也。

以上就樂曲之方面論之。至於戲劇，則除《撥頭》一戲自西域入中國外，別無所聞。遼金之雜劇院本，與唐宋之雜劇，結構全同。吾輩寧謂遼金之劇皆自宋往，而宋之雜劇，不自遼金來，較可信也。至元劇之結構，誠為創見；然創之者，實為漢人；而亦大用古劇之材料，與古曲之形式，不能謂之自外國輸入也。

至中國戲曲之譯為外國文字也，為時頗早。如《趙氏孤兒》，則法人特赫爾特 Du Halde 實譯於一千七百六十二年，至一千八百三十四年，而裘利安 Julian 又重譯之。又英人大維斯 Davis 之譯《老生兒》在千八百十七年，其譯《漢宮秋》在千八百二十九年。又裘利安所譯，尚有《灰闌記》、《連環計》、《看錢奴》，均在千八百三四十年間。而拔殘 Bazin 氏所譯尤多，如《金錢記》、《鴛鴦被》、《賺蒯通》、《合汗衫》、《來生債》、《薛仁貴》、《鐵拐李》、《秋胡戲妻》、《倩女離魂》、《黃

梁夢》、《昊天塔》、《忍字記》、《竇娥冤》、《貨郎旦》，皆其所譯也。此種譯書，皆據《元曲選》；而《元曲選》百種中，譯成外國文者，已達三十種矣。

# 第十六章　餘論

# 附錄
元戲曲家小傳

附錄　元戲曲家小傳

（今取有戲曲傳於今者為之傳）

## 一　雜劇家

關漢卿，不知其為名或字也。號己齋叟，大都人。金末，以解元貢於鄉，後為太醫院尹；則亦未知其在金世歟？元世歟？元初大名王和卿，滑稽佻達，傳播四方。中統初，燕市有一蝴蝶，其大異常，王賦〈醉中天〉小令，由是其名益著。漢卿與之善，王嘗以譏謔加之；漢卿雖極意還答，終不能勝。王忽坐逝，而鼻垂雙涕尺餘，人皆嘆駭。漢卿來弔唁，詢其由，或曰：「此釋家所謂坐化也。」復問鼻懸何物，又對曰：「此玉筯也。」漢卿曰：「我道你不識，不是玉筯，是嗓。」咸發一笑。或戲漢卿云：「你被王和卿輕侮半世，死後方還得一籌。」凡六畜勞傷，則鼻中常流膿水，謂之嗓；又愛訐人之過者，亦謂之嗓，故云爾。（《錄鬼簿》，參《輟耕錄》、《鬼董跋》、《堯山堂外紀》。）

高文秀，東平人，府學生，早卒。（《錄鬼簿》）

鄭廷玉，彰德人。（同上）

白樸，字太素，一字仁甫，號蘭谷，隩州人。後居真定，

故又為真定人焉。祖元遺山為作墓表,所謂善人白公是也。父華,字文舉,號寓齋,仕金貴顯,為樞密院判官,《金史》有傳。仁甫為寓齋仲子,於遺山為通家姓。甫七歲,遭壬辰之難,寓齋以事遠適。明年春,京城變,遺山遂挈以北渡。自是不茹葷血,人問其故,曰:「俟見吾親則如初。」嘗罹疫,遺山晝夜抱持,凡六日,竟於臂上得汗而愈。蓋視親子姪不啻過之。數年,寓齋北歸,以詩謝遺山云:「顧我真成喪家狗,賴君曾護落巢兒。」居無何,父子卜築於滹陽。律賦為專門之學,而太素有能聲,為後進之翹楚。遺山每遇之,必問為學次第,嘗贈之詩曰:「元白通家舊,諸郎獨汝賢。」未幾,生長見聞,學問博覽。然自幼經喪亂,倉皇失母,便有滿目山川之嘆。逮亡國,恆鬱鬱不樂,以故放浪形骸,期於適意。中統初,開府史公將以所業薦之於朝,再三遜謝,棲遲衡門,視榮利蔑如也。至元一統後,徙家金陵,從諸遺老放情山水間,日以詩酒優遊,用示雅志,詩詞篇翰,在在有之。後以子貴,贈嘉議大夫,掌禮儀院大卿。著有《天籟詞》二卷。(《金史‧白華傳》、《錄鬼簿》、《元遺山文集》,王博文、孫大雅《天籟集序》。)

馬致遠,號東籬,大都人,任江浙行省務官。(《錄鬼簿》)

李文蔚,真定人,江州路瑞昌縣尹。(同上)

## 附錄　元戲曲家小傳

李直夫,女直人,居德興府,一稱蒲察李五。(同上)

吳昌齡,西京人。(同上)

王實甫,大都人。(同上)

武漢臣,濟南府人。(同上)

王仲文,大都人。(同上)

李壽卿,太原人,將仕郎除縣丞。(同上)

尚仲賢,真定人,江浙行省務官。(同上)

石君寶,平陽人。(同上)

楊顯之,大都人,與漢卿莫逆交。凡有珠玉,與公校之。(同上)

紀君祥(一作天祥),大都人,與李壽卿、鄭廷玉同時。(同上)

戴善甫,真定人,江浙行省務官。(同上)

李好古,保定人,或云西平人。(同上)

張國賓(一作國寶),大都人,即喜時營教坊句管。(同上)

石子章,大都人,與元遺山、李顯卿同時。(《錄鬼簿》、《遺山集》、《寓庵集》。)

孟漢卿,亳州人。(《錄鬼簿》)

李行道（一作行甫），絳州人。（同上）

王伯成，涿州人，有《天寶遺事》諸宮調行於世。（同上）

孫仲章，大都人，或云姓李。（同上）

岳伯川，濟南人，或云鎮江人。（同上）

康進之，棣州人，一云姓陳。（同上）

狄君厚，平陽人。（同上）

孔文卿，平陽人。（同上）

張壽卿，東平人，浙江省掾史。（同上）

李時中，大都人。（同上）

楊梓，字□□，海鹽人。至元三十年二月，元師征爪哇，公以招諭爪哇等處宣慰司官，隨福建行省平章政事伊克穆蘇，以五百餘人、船十艘先往招諭之。大軍繼進，爪哇降，公引其宰相昔刺難答吒耶等五十餘人來迎。後為安撫總使，官至嘉議大夫，杭州路總管。致仕卒，贈兩浙都轉運使，上輕車都尉，追封弘農郡侯，謚康惠。公節俠風流，善音律，與武林阿里海牙之子雲石交善。雲石翩翩公子，所制樂府散套，駿逸為當行之冠，即歌聲高引，可徹雲漢。而公獨得其傳。雜劇中有《豫讓吞炭》、《霍光鬼諫》、《敬德不伏老》，皆公自制，以寓祖父之意，特去其著作姓名耳。其後長公國材，少公次中，復與鮮

197

## 附錄　元戲曲家小傳

於去矜交好。去矜亦樂府擅場,以故楊氏家僮千指,無不善南北歌調者;由是州人往往得其家法,以能歌名於浙右云。(《元史‧爪哇傳》、元姚桐壽《樂郊私語》、明董谷《續澉水志》。)

宮天挺,字大用,大名開州人。歷學官,除釣臺書院山長。為權豪所中,事獲辨明,亦不見用,卒於常州。(《錄鬼簿》)

鄭光祖,字德輝,平陽襄陵人,以儒補杭州路吏。為人方直,不妄與人交。病卒,火葬於西湖之靈芝寺。伶倫輩稱鄭老先生,皆知其為德輝也。(同上)

范康,字子安,杭州人。明性理,善講解,能詞章,通音律。因王伯成有《李太白貶夜郎》,乃編《杜子美遊曲江》,一下筆即新奇,蓋天資卓異,人不可及也。(同上)

曾瑞,字瑞卿,大興人。自北來南,喜江浙人才之多,羨錢唐景物之盛,因而家焉。神采卓異,衣冠整肅,優遊於市井,灑然如神仙中人。志不屈物,故不願仕,自號褐夫。江湖之達者,歲時饋送不絕,遂得以徜徉卒歲。善丹青,能隱語、小曲,有《詩酒餘音》行於世。(同上)

喬吉(一作吉甫),字夢符,號笙鶴翁,又號惺惺道人,太原人。美容儀,能詞章,以威嚴自飭,人敬畏之。居杭州太乙宮前,有題西湖〈梧葉兒〉百篇,名公為之序。江湖間四十

年，欲刊行所作，竟無成事者。至正五年，病卒於家。嘗謂：「作樂府亦有法，鳳頭、豬肚、豹尾是也。大概起要美麗，中要浩蕩，結要響亮；尤貴在首尾貫串，意思清新，能若是，斯可以言樂府矣。」明李中麓輯其所作小令，為《惺惺道人樂府》一卷，與《小山樂府》並刊焉。（《錄鬼簿》，參《輟耕錄》）

秦簡夫，初擅名都下，後居杭州。（《錄鬼簿》）

蕭德祥，號復齋，杭州人，以醫為業。凡古文俱櫽括為南曲，街市盛行。所作雜劇外，又有南曲戲文等。（同上）

朱凱，字士凱，所編《昇平樂府》及《隱語》、《包羅天地謎韻》，皆大梁鍾嗣成為之序。（同上）

王曄，字日華，杭州人。能詞章樂府，所制工巧。又嘗作《優戲錄》，楊鐵崖為之序云：「侏儒奇偉之戲，出於古亡國之君。春秋之世，陵鑠大諸侯，後代離析文義，至侮聖人之言為大劇，蓋在誅絕之法。而太史公為滑戲者作傳，取其談言微中，則感世道者實深矣。錢唐王曄，集歷代之優辭有關於世道者，自楚國優孟而下，至金人玳瑁頭，凡若干條。太史公之旨，其有概於中者乎！予聞仲尼論諫之義有五，始曰譎諫，終曰諷諫，且曰：吾從者諷乎！蓋以諷之效，從容一言之中，而龍逢、比干不獲稱，良臣者之所不及也。及觀優之寓於諷者，如『漆城』、『瓦衣』、『雨稅』之類，皆一言之微，有迴天倒日

199

附錄　元戲曲家小傳

之力,而勿煩乎牽裾、伏蒲之勃也。則優戲之伎,雖在誅絕,而優諫之功,豈可少乎?他如安金藏之刳腸,申漸高之飲酖,敬新磨之免戮疲令,楊花飛之易亂主於治,君子之論,且有謂臺官不如伶官。至其錫教及於彌侯解愁,其死也,足以愧北面二君者,則優世君子不能不三嘖於此矣。故吾於曄之編為書如此,使覽者不徒為軒渠一噱之助,則知曄之感,太史氏之感也歟!至正六年秋七月序。」(《錄鬼簿》、《東維子文集》。)

## 二　南戲家

施惠(一云姓沈),字君美,杭州人。居吳山城隍廟前,以坐賈為業。巨目美髯,好談笑,詩酒之暇,唯以填詞和曲為事。有《古今砌話》,編成一集,其好事也如此。(《錄鬼簿》)

高明,字則誠,溫州瑞安人(《玉山草堂雅集》、《列朝詩集》皆云永嘉平陽人)。以《春秋》中至正乙酉第,授處州錄事,後改調浙江閫幕都事,轉江西行臺掾,又轉福建行省都事。初方國珍叛,省臣以則誠溫人,知海濱事,擇以自從。後仍以江西福建官佐幕事,與幕府論事不合。國珍就撫,欲留寘幕下,不從,即日解官,旅寓鄞櫟社沈氏,以詞曲自娛。明太

祖聞其名，召之，以老病辭歸，卒於寧海。則誠所交，皆當世名士，嘗往來無錫顧阿瑛玉山草堂。阿瑛選其詩，入《草堂雅集》；稱其長才碩學，為時名流。其為浙幕都事與歸溫州也，會稽楊維楨與東山趙汸作序送之。嘗有岳鄂王墓詩云：「莫向中州嘆黍離，英雄生死繫安危。內廷不下班師詔，絕漠全收大將旗。父子一門甘伏節，山河萬里竟分支。孤臣尚有埋身地，二帝遊魂更可悲！」又嘗作《烏寶傳》（謂鈔也），雖以文為戲，亦有裨於世教。其卒也，孫德暘以詩哭之曰：「亂離遭世變，出處嘆才難。墜地文將喪，憂天寢不安。名題前進士，爵署舊郎官。一代儒林傳，真堪入史刊。」所著有《柔克齋集》。（《輟耕錄》、《玉山草堂雅集》、《東維子文集》、《留青日札》、《列朝詩集》、《靜志居詩話》。）

　　徐臣，字仲由，淳安人。明洪武初，徵秀才，至藩省辭歸。嘗謂吾詩文未足品藻，唯傳奇詞曲，不多讓古人。有《葉兒樂府》〈滿庭芳〉云：「烏紗裹頭，清霜籬落，黃葉林邱。淵明彭澤辭官後，不事王侯。愛的是青山舊友，喜的是綠酒新篘，相拖逗，金樽在手，爛醉菊花秋。」比於張小山、馬東籬，亦未多遜。有《巢松集》。（《靜志居詩話》）

　　附考：元代曲家，與同時人同姓名者不少。就見聞所及，則有三白賁，三劉時中，三趙天錫，二馬致遠，二趙良弼，

附錄　元戲曲家小傳

二秦簡夫，二張鳴善。《中州集》有白賁，汴人，自上世以來至其孫淵，俱以經術著名，此一白賁也。元遺山《善人白公墓表》次子賁（即仁甫仲父），則隩州人，此又一白賁也。曲家之白無咎，亦名賁，姚際恆《好古堂書畫記》「白賁字無咎，大德間錢唐人」是也。《元史·世祖紀》：「以劉時中為宣慰使，安輯大理。」此一劉時中也。《遂昌雜錄》又有劉時中，名致。曲家之劉時中則號逋齋，洪都人，官學士，《陽春白雪》所謂古洪劉時中者是也。（此與《遂昌雜錄》之劉時中時代略同，或系一人。）世祖武臣有趙天錫，冠氏人，《元史》有傳。《遂昌雜錄》謂今河南行省參事宛邱趙公名頤字子期，其先府君宛邱公諱祐字天錫，為江浙行省照磨，此又一趙天錫也。曲家之趙天錫，則汴梁人，官鎮江府判者也。馬致遠，其一制曲者，為大都人；一為金陵人，即馬文璧（琬）之父，見張以寧《翠屏集》。趙良弼，一為世祖大臣，《元史》有傳；一為東平人，即見於《錄鬼簿》者也。秦簡夫，一名略，陵川人，與元遺山同時；一為制曲者，即《錄鬼簿》所謂「見在都下擅名，近歲來杭」者也。張鳴善，一名擇，平陽人（或云湖南人），為江浙提學，謝病隱居吳江，見王逢《梧溪集》；一為揚州人，宣慰司令史，則制曲者也。元代曲家，名位既微，傳記更闕，恐世或疑為一人，故附著焉。

國家圖書館出版品預行編目資料

王國維之宋元戲曲史：從文人筆墨到民間故事，探索中國戲曲的源流 / 王國維 著. -- 第一版. --
臺北市：複刻文化事業有限公司, 2024.10
面；　公分
POD 版
ISBN 978-626-7595-21-3(平裝)
1.CST: 戲曲史 2.CST: 宋代 3.CST: 元代
820.9405　　　　113015256

# 王國維之宋元戲曲史：從文人筆墨到民間故事，探索中國戲曲的源流

| | |
|---|---|
| 作　者： | 王國維 |
| 發　行　人： | 黃振庭 |
| 出　版　者： | 複刻文化事業有限公司 |
| 發　行　者： | 複刻文化事業有限公司 |
| E-mail： | sonbookservice@gmail.com |
| 粉　絲　頁： | https://www.facebook.com/sonbookss/ |
| 網　　　址： | https://sonbook.net/ |
| 地　　　址： | 台北市中正區重慶南路一段 61 號 8 樓 |
| | 8F., No.61, Sec. 1, Chongqing S. Rd., Zhongzheng Dist., Taipei City 100, Taiwan |
| 電　　　話： | (02) 2370-3310　　傳　真：(02) 2388-1990 |
| 印　　　刷： | 京峯數位服務有限公司 |
| 律師顧問： | 廣華律師事務所 張珮琦律師 |
| 定　　　價： | 299 元 |
| 發行日期： | 2024 年 10 月第一版 |

◎本書以 POD 印製

Design Assets from Freepik.com